聚散有時

Lawrence Block

勞倫斯・卜洛克 著

劉麗真 譯

A Time to Scatter Stones

馬修・史卡德系列 19
聚散有時 A Time to Scatter Stones
作者——勞倫斯・卜洛克 Lawrence Block
譯者——劉麗真
美術設計—— ONE.10 Society
編輯協力——黃麗玟、劉人鳳
業務——李振東、林佩瑜
行銷企畫——陳彩玉、林詩玟
事業群總經理——謝至平
發行人——何飛鵬

出版——臉譜出版
115台北市南港區昆陽街16號4樓
電話：(02)2500-7696　傳真：(02)2500-1952
臉譜部落格 facesfaces.pixnet.net/blog

發行——英屬蓋曼群島商家庭傳媒股份有限公司城邦分公司
115台北市南港區昆陽街16號8樓
客服服務專線：(02)2500-7718；2500-7719
24小時傳真專線：(02)2500-1990；2500-1991
服務時間：週一至週五上午9:30~12:00；下午13:30~17:00
劃撥帳號：19863813
戶名：書虫股份有限公司
讀者服務信箱：service@readingclub.com.tw

香港發行所——城邦(香港)出版集團有限公司
香港九龍土瓜灣土瓜灣道86號順聯工業大廈6樓A室
電話：(852)2877-8606　傳真：(852)2578-9337　E-mail: hkcite@biznetvigator.com

馬新發行所——城邦(馬新)出版集團 Cite(M)Sdn Bhd (458372U)
41, Jalan Radin Anum, Bandar Baru Sri Petaling, 57000 Kuala Lumpur, Malaysia.
電話：(603)9056-3833　傳真：(603)9057-6622　E-mail: services@cite.com.my

初 版 一 刷　2020年1月
二 版 一 刷　2024年4月
ISBN 978-626-315-487-2
定價250元(本書如有缺頁、破損、倒裝，請寄回本社更換)

國家圖書館出版品預行編目資料

聚散有時 / 勞倫斯・卜洛克(Lawrence Block)著；劉麗真譯. --
二版. -- 台北市：臉譜出版：家庭傳媒城邦分公司發行, 2024.04
面；公分. --(馬修・史卡德系列；19)
譯自：A Time to Scatter Stones
ISBN 978-626-315-487-2(平裝)
874.57　　113003698

〈新版推薦序〉

關於我的朋友馬修・史卡德

臥斧

有很長一段時間，遇上還沒讀過「馬修・史卡德」系列的友人詢問「該從哪一本開始讀？」或「你最喜歡、最推薦哪一本？」之類問題，我都會回答，「先讀《八百萬種死法》，我最喜歡《酒店關門之後》。」

如此答覆有其原因。

「馬修・史卡德」系列幾乎每一本都可以獨立閱讀——作者勞倫斯・卜洛克認為，即使是系列作品，每部作品都仍該是個完整故事，所以倘若故事裡出現已在系列中其他作品登場過的角色，卜洛克就會簡述來歷，沒讀過其他作品或許不會理解角色之間的詳細關係，不過不會對理解手頭這本的情節造成妨礙。事實上，這系列在二十世紀末首度被引介進入國內書市時，出版社選擇出版的第一本書，就不是系列首作《父之罪》，而是第五部作品《八百萬種死法》。

出版順序自然有編輯和行銷的考量，讀者不見得要照章行事，我的答案與當年的出版順序並無關聯，《八百萬種死法》也不是我第一本讀的本系列作品。建議先讀《八百萬種死法》，是因為我認為這本小說最適合用來當成某種測試，確認讀者是否已經到達「人生中適合認識史卡德」的時期；

倘若喜歡這本，約莫也會喜歡這系列的其他故事，倘若不喜歡這本，那大概就是時候未到——生命中的哪個階段會被哪樣的作品觸動，每個讀者狀況都不相同。

這樣的答覆方式使用多年，一直沒聽過負面回饋，直到某回聽到一名友人坦承，自己初讀《八百萬種死法》時，覺得這故事「很難看」。有意思的是，這名友人後來仍然成為卜洛克的書迷，讀完了整個系列。

概略討論之後，我發現友人覺得難看的主因在於情節——這個故事並未完全依循推理小說作者與讀者之間不言自明的默契，結局之前的轉折雖然合理，但拐彎的角度大得讓人有點猝不及防，有部分讀者會覺得自己沒能被說服接受。可是友人同時指出，史卡德這個主角相當吸引人——這系列故事主線均由史卡德的第一人稱主述敘事，所以這也表示整個故事讀來會相當吸引人。能夠吸引讀者、呼應讀者自身的生命經驗、讓讀者打從心底關切的角色，總會讓讀者想要知道：這角色還會面對哪些事件，又會如何看待他所處的世界？

這是讓友人持續讀完整個系列的動力，也是我認為這本小說適合用來測試的原因——《八百萬種死法》是全系列中結局轉折最大的故事，也是完整奠定史卡德特色的故事。從這個故事開始認識史卡德，就像交了個朋友；而交了史卡德這個朋友，會讓人願意聽他訴說生命裡發生的種種故事。

約莫在友人同我說起這事的前後，我按著卜洛克原初的出版順序，重新閱讀「馬修・史卡德」系列，然後發現：倘若當初我建議朋友從首作《父之罪》開始讀，友人應該還是會成為全系列的忠實讀者，只是對情節和主角的感覺可能不大一樣。

史卡德登場

二十世紀的七〇年代，卜洛克讀了李歐納．薛克特的《論收賄》，這是薛克特與一名收賄的紐約警察一起完成的作品，內容講的就是那個警察的經歷。那是一名盡責任、有效率的警察，偵破不少案子，但同時也貪污收賄、經營某些不法生意。

卜洛克十五、六歲起就想當作家，他讀了很多偉大的經典作品，不過一開始並不確定自己該寫什麼；剛入行時他用筆名寫的是女同志和軟調情色長篇，市場反應不錯，六〇年代開始寫「睡不著覺的密探」系列，銷售成績也不差。七〇年代他與出版社商議要寫犯罪小說時，認為《論收賄》裡的警察或許能夠成為一個有趣的角色，只是他覺得自己比較習慣使用局外人的觀點敘事，沒什麼把握能寫好一個在警務體制裡工作的貪污警員。

於是卜洛克開始想像這麼一個角色：這個人是名經驗老到的刑警，和老婆小孩一起住在市郊，有辦案的實績，也沒放過收賄的機會；某天下班，這人為了阻止一樁酒吧搶案而掏槍射擊，但跳彈意外殺死了一個街邊的女孩。誤殺事件讓這人對自己原來的生活模式產生巨大懷疑，加劇了喝酒的習慣、與妻子分居、獨自住在旅館，偶爾依靠自己過往的技能接點委託維持生計，但沒有申請正式的偵探執照，而且習慣損出固定比例的收入給教堂……

真實人物的遭遇加上小說家的虛構技法，馬修．史卡德這個角色如此成形。

一九七六年，《父之罪》出版。

一名女性在紐約市住處遭人殺害，嫌犯渾身浴血、衣衫不整地衝到街上嚷嚷之後被捕，兩天後在獄中上吊身亡。女孩的父親從紐約州北部的故鄉到紐約市辦理後續事宜，聽了事件經過後找上史卡德——就警方的角度來看這起案件已經偵結，這名父親也不大確定自己還想做什麼，他與女兒幾年來鮮少聯絡，甫知女兒死訊，才想搞清楚女兒這幾年如何生活、為什麼會遇上這種事。警方不會處理這類問題，於是把他轉介給曾經當過警察、現已離職獨居的史卡德。

以情節來看，《父之罪》比較像刻板印象中的推理小說：偵探接受委託，找出凶案的真正因由。這個故事同時確立了系列案件的基調——會找上史卡德的案子可能是警方認為不需要處理的，或者是當事人因故無法、或不願交給警方處理的；而史卡德做的不僅是找出真凶，還會在偵辦過程裡挖掘出隱在角色內裡的某些物事，包括被害者、凶手，甚至其他相關人物。

緊接著出版的《在死亡之中》和《謀殺與創造之時》都仍維持類似的推理氛圍，不同的是卜洛克對史卡德的描寫越來越多。史卡德的背景設定在首作就已經完整說明，卜洛克增加的是史卡德處理事件過程的生活細節——他對罪案的執拗、他與酒精的糾纏、他和其他角色的互動，以及他在紐約憑藉公車、地鐵、偶爾駕車或搭車但大多依靠雙腿四處行走查訪當中的所見所聞，這些細節累疊在原先的背景設定上，逐漸讓史卡德越來越立體，越來越真實。

史卡德曾是手腳不算乾淨的警員，他知道這麼做有違規範，但也認為這麼做沒什麼不對——有缺陷的是制度，他只是和所有人一樣，設法在制度底下找到生存的姿態。這使得史卡德成為一個特殊的冷硬派偵探——這類角色常以譏誚批判的眼光注視社會，史卡德也會，但更多時候這類譏誚會轉為自嘲，因為他明白自己並不比其他人更好，這類角色常面不改色地飲用烈酒，史卡德也會，但酒精因而成為一種將他拽開常軌的誘惑，摧折身體與精神的健康；這類角色心中都會具備一套自己的道德判準，史卡德也會，而且雖然嘴上不說，但他堅持的力道絕不遜於任何一個硬漢。

我私心將一九七六年到一九八一年的四部作品劃歸為系列的「第一階段」。這四部作品的情節不只呈現了偵查經過，也替史卡德建立了鮮明的形象——作家替角色設定的個性與特質會決定角色面對衝突時的反應，而讀者會從這些反應推展出現的情節理解角色的個性與特質。史卡德並非完人，沒有超凡的天才，反倒有不少常人的性格缺陷，對善惡的標準似乎難以解釋，但他面對罪惡的態度會讓讀者清楚地感知那個難以解釋的核心價值。

讀者越來越了解史卡德——他不是擁有某些特殊技能、客觀精準的神探，他就是個試著盡力解決問題的凡人。或許卜洛克也越寫越喜歡透過史卡德去觀察世界——因為他寫了《八百萬種死法》。

反正每個人都會死，所以呢？

《八百萬種死法》一九八二年出版。

打算脫離皮肉生涯的妓女透過關係找上史卡德，請史卡德代她向皮條客說明。皮條客的行為模式與眾不同，尋找時花了點工夫，找上後倒沒遇到什麼麻煩；皮條客很乾脆地答應，但幾天之後，史卡德發現那名妓女出了事。史卡德已經完成委託，後續的事理論上與他無關，可是他無法放手，認為這事八成是言而無信的皮條客幹的；他試著再找皮條客，雖然不確定找上後自己要做什麼，不料皮條客先聯絡他，除了聲明自己與此事毫無關聯，並且要雇用史卡德查明真相。

在妓女出現之前，史卡德做的事不大像一般的推理小說；接下皮條客的委託之後，史卡德的工作方式則與前幾部作品一樣，不是推敲手上的線索就看出應該追查的方向，而是透過皮條客手下的其他妓女以及史卡德過往在黑白兩道建立的人脈，扎扎實實地四處查訪。因此之故，《八百萬種死法》有不少篇幅耗在史卡德從紐約市的這裡到那裡，敲門按電鈴，問問這個問問那個；其他篇幅一部分用來講述史卡德的生活狀況——主要是他日益嚴重的酗酒問題，酒精已經明顯影響他的神智和健康，但他對戒酒無名會那種似乎大家聚在一起取暖的進行方式嗤之以鼻，另一部分則記述了史卡德從媒體或對話裡聽聞的死亡新聞。

《八百萬種死法》的書名源於當時紐約市有八百萬人口，每個人可能都有不同的死亡方式；這些死亡事件與史卡德接受的委託沒有關係，史卡德也沒必要細究每樁死亡背後是否藏有什麼祕密。如此安排容易讓讀者覺得莫名其妙——我要看史卡德怎麼查線索破案子，卜洛克你講這些無關緊要的東西做什麼？不過讀者也會慢慢發現：這些插播進來的死亡新聞，讀起來會勾出某些古怪的反應，有時是深沉的慨嘆，有時是苦澀的笑意。它們大多不是自然死亡，有的根本不該牽扯死亡——例如有人扛回被丟棄的電視機想修好了自己用，結果因電視機爆炸而亡，這幾乎有種荒謬的喜感——讀者認為它們「無關緊要」，是因它們與故事主線互不相涉，但對它們的當事人而言，那是生命的瞬間消逝，可一點都不「無關緊要」。

是故，這些死亡準確地提出一個意在言外的問題：反正每個人都會死，所以呢？每個人如何迎來生命終點都無法預料，甚至不可理喻，沒有善惡終報的定理，只有無以名狀的機運；在這樣的世界裡，執著地追究某個人的死亡，有沒有意義？或者，以史卡德的處境來說，遠離酒精，讓自己清醒地面對痛苦，有沒有意義？

推理故事大多與死亡有關。古典和本格派將死亡案件視為智力遊戲，是偵探與兇手、讀者與作者之間鬥智的謎題；冷硬和社會派利用死亡案件反映社會與人的關係，什麼樣的環境會讓人做出什麼樣的掙扎，什麼樣的時代會讓人犯下什麼樣的罪行。其實，推理故事一直是最適合用來揭示人性的故事，因為要查明一個或數個角色的死因，調查會以死者為圓心向外輻射，觸及與死者有關的其他角色，釐清他們與死者的關係、死亡對他們的影響、拼湊死者與他們的過往，這些調查會顯露角色們的個性，死因與行兇動機往往就埋在這些人性糾葛之中。

《八百萬種死法》不只是推理小說，還是一部討論「人該怎麼活著」的小說。

「馬修．史卡德」是個從建立角色開始的系列，而《八百萬種死法》確立了這個系列的特色，這些故事不僅要破解死亡謎團、查出兇手，也要從罪案去談人性。

我們終將孤獨

在《八百萬種死法》之後，卜洛克有幾年沒寫史卡德。

據聞《八百萬種死法》本來可能是系列的最後一個故事，從故事的結尾也讀得出這種味道——史卡德解決了事件，也終於直視自己的問題，讓系列在劇末那個悸動人心的橋段結束，是個合理的選擇，也是個漂亮的收場——不過從隔了四年、一九八六年出版的《酒店關門之後》來看，卜洛克還想繼續以史卡德的視角看世界，沒有馬上寫他的故事，可能是自己的好奇還沒尋得答案。

因為大家都知道，故事會有該停止的段落，角色做完了該做的事、有了該有的領悟；但在現實生活裡，時間不會停在「全書完」三個字出現的那一頁，就算人生因為某些事件而轉往新方向，等在眼前的也不會是一帆風順「從此幸福快樂」的日子。卜洛克的好奇或許是：在史卡德直視自身問題、做了重要決定之後，他還是原來設定的那個史卡德嗎？那個決定會讓史卡德的生活出現什麼變化？那些變化是否會影響史卡德面對世界的態度？

倘若沒把這些事情想清楚就動手寫續作，大約會出現兩種可能：一是動搖前五部作品建立的系列基調——既然卜洛克喜歡這個角色，那麼就會避免這種情況發生；二是保持了系列基調但破壞了《八百萬種死法》那個完美結局的力道——真是如此的話，不如乾脆結束系列，換另一個主角講故事。

《酒店關門之後》是卜洛克思考之後的第一個答案。

這個故事裡出現三樁不同案件，發生在《八百萬種死法》之前。案件之間乍看並不相干（不過後來發現其中兩起有點關聯），史卡德甚至不算真的在調查案件——第一樁案件是酒吧常客妻子被殺，史卡德被委任去找出兩名落網嫌犯的過往記錄，讓他們看起來更有殺人嫌疑；第二樁事件是另一家起酒吧帳本失竊，史卡德負責的是與竊賊交涉、贖回帳本，而非查出竊賊身分。至於第三樁事件，史卡德完全沒被指派工作，那是一樁搶案，史卡德只是倒楣地身處事發當時的酒吧裡頭，而且也沒被搶。

三樁案件各自包裹了不同題目，這些題目可以用「愛情」、「友誼」之類名詞簡單描述，但真要說明白它們內裡的複雜層次，卻常讓人找不著最合適的語彙。卜洛克擅長用對話表現角色個性和推進情節，因此故事讀來一向流暢直白；流暢直白不表示作家缺乏所謂的文學技法，因為《酒店關門之後》完全展現出這類文字的力量——倘若作家運用得宜，這類看似毫不花巧的文字其實能夠帶領讀者無限貼近這些題目的核心，將難以描述的不同面向透過情節精準展演。

同時，卜洛克也在《酒店關門之後》為自己和讀者重新回顧了史卡德的完整形象，他的私人生活，他的道德判準，以及酒精。《酒店關門之後》的案件都與酒吧有關，故事裡也出現了非常多酒吧——高檔的酒吧、簡陋的酒吧、給觀光客拍照留念的酒吧、熟人才知道的酒吧、正派經營的酒吧、非法營業的酒吧、具有異國風情的酒吧、屬於邊緣族群的酒吧。每個人都找得到自己應該歸屬、宛如個人聖殿的酒吧，每個人也都將在這樣的所在，發現自己的孤獨。

史卡德並非沒有朋友，但每個人都只能依靠自己孤獨地面對人生，不是沒有伴侶或好友的孤獨，而是有了伴侶和好友之後才會發現的孤獨，在酒店關門之後、喧囂靜寂之後，隔著酒精製造出來的矇矓迷霧，看見它切切實實地存在。事實上，喝酒與否，那個孤獨都在那裡，只是少了酒精，有時就會缺乏直視的勇氣；可是理解孤獨，便是理解自己面對人生的樣貌，有沒有酒精，這都是必要的人生課題。

同時，《酒店關門之後》確立了這系列的另一個特色。假若從首作讀起，讀者會知道系列故事按著時序發生，不過與現實時空的連結並不明顯——那是二十世紀七、八〇年代發生的事，至於確切是哪一年則不大要緊。不過《酒店關門之後》開場不久，史卡德便提及事件發生在很久之前、一九七五年，是過去的回憶，而結尾則說到時間已經過了十年，也就是故事裡「現在」的時空應當是一九八五年，約莫就是《酒店關門之後》寫作的時間。史卡德不像某些系列作品的主角那樣，似乎固定停留在某段時空當中，他和作者、讀者一起活在同一個現實裡頭。

再過三年，《刀鋒之先》在一九八九年出版，緊接著是一九九〇年的《到墳場的車票》。卜洛克準備答案所花的數年時間沒有白費，結束了在《酒店關門之後》的回顧，史卡德的時間繼續前進，他用一種與過去不大一樣的方式面對人生，但也維持了原先那些吸引人的個性特質。

在人間與黑暗共舞

從《八百萬種死法》至《到墳場的車票》是我私心分類的「第二階段」，卜洛克在這個階段重新整理了對角色的想法，讓史卡德成為一個更有血有肉、會隨著現實一起慢慢老去、仿若與讀者一同生活在現實的真實人物。而系列當中的重要配角在前兩階段作品中也已全數登場，史卡德的人生即將邁入新的篇章。

我認定的「馬修・史卡德」系列「第三階段」從一九九一年的《屠宰場之舞》開始，到一九九八年的《每個人都死了》為止，卜洛克在八年裡出版了六本系列作品，寫作速度很快，而且每個故事都很精采，人性描寫深刻厚實，情節絞揉著溫柔與殘虐。

雖說先前談到前兩階段共八部作品時一直強調角色塑造，但不表示卜洛克沒有好好安排情節。卜洛克的確認為角色很重要——他在講述小說創作的《小說的八百萬種寫法》中明確寫道：「幾乎所有讀者持續翻閱任何小說的主要原因，就是想知道接下來發生的事，讀者之所以在乎接下來發生的事，則是因為作者描寫人物性格的技巧。小說中的人物若有充分描繪，具有引起讀者共鳴與認同的力量，讀者就會想知道他們下場如何，並深深擔心他們的未來會不會好轉，」「馬修・史卡德」系列可以視為這番言論的實際作業成績。不過，同一本書裡，他也提及寫作之前應該重新閱讀，不是以讀者的眼光閱讀，而是以作者的洞察力閱讀。卜洛克認為這樣的閱讀不是可以學到某種公式，而是能夠培養出一些類似「直覺」的東西，知道創作某類小說時可以用什麼方式。

說得具體一點，「以作者的洞察力閱讀」指的不單是享受故事，而是進一步拆解故事，找出該故事的作者用什麼方法鋪排情節，如何埋設伏筆、讓氣氛懸疑，如何製造轉折、讓發展爆出意外。

開始寫「馬修．史卡德」系列時，卜洛克已經是很有經驗的寫作者；要寫犯罪小說之前，他已經拆解了不少相關類型的作品。史卡德接受的是檢調體制不想處理、或當事人不願交給體制處理的案件，這些案件不大可能牽涉某種國際機密或驚世陰謀，但往往蘊含隱在社會暗角、體制照料不到之處的幽微人性——而史卡德的角色設定，正適合挖掘這樣的內裡。

從《父之罪》開始，「馬修．史卡德」系列就是角色與情節的適恰結合，而在寫完前兩個階段、史卡德的形象穩固完熟之後，卜洛克從《屠宰場之舞》開始加重了情節的黑暗層面。《屠宰場之舞》出現性虐待受害者之後將其殺害、並且錄影自娛的殺人者，《行過死蔭之地》出現綁架、性侵，並以切割被害者肢體為樂的凶手，《一長串的死者》裡一個祕密俱樂部驚覺成員有超過正常狀況的死亡機率，《向邪惡追索》中的預告殺人魔似乎永遠都有辦法狙殺目標。

這些故事都有緊張、刺激、驚悚、駭人的橋段，而在經營更重口味情節的同時，卜洛克持續讓史卡德面對自己的人生課題——前女友罹癌、要求史卡德協助她結束生命；原來已經穩固的感情關係，忽然出現了意想不到變化；調查案子的時候，自己也被捲入事件當中，更糟的是，自己的朋友也被捲入事件當中、甚至因此送命——諸如此類從系列首作就存在的麻煩，在第三階段一個都沒少。

史卡德在一九七六年的《父之罪》裡已經是離職警察，可以合理推測年紀可能在三十到四十之間，因此到一九九八年的《每個人都死了》為止，史卡德處於從三十多歲到接近六十歲的中壯年時期。在人生的這段時期當中，大多數人已經成熟、自立，有能力處理生活當中的大小物事，但也必須承受最多生活壓力——年長者的需求、年幼者的照料、日常經濟來源的提供、人際關係的維繫——而總也在這類時刻，一個人會發現自己並沒有因為年紀到了就變得足夠成熟或擁有足夠能力，毋需面對罪案，人生本身就會讓人不斷思索生存的目的，以及生活的意義。

「馬修．史卡德」系列的每一個故事，都在人間與黑暗共舞，用罪案反映人性，都用角色思考生命。

新世紀之後

進入二十一世紀，卜洛克放緩了書寫史卡德的速度。

原因之一不難明白：史卡德年紀大了，卜洛克也是。

卜洛克出生於一九三八年，推算起來史卡德可能比他年輕一點，或者同樣年紀。在歷經種種人生關卡、頻繁與黑暗對峙的九〇年代之後，史卡德的生活狀態終於進入相對穩定的時期，體力與行動力也逐漸不比以往。

原因之二也很明顯：九〇年代中期之後，網際網路日漸普及，犯罪事件利用網路及相關科技的比例也慢慢提高。卜洛克有自己的部落格、發行電子報，會用電腦製作獨立出版的電子書，也有臉書帳號，這表示他是個與時俱進的科技使用者，但不表示他熟悉網路犯罪的背後運作。要讓史卡德接觸這類罪案並無不可——早在一九九二年的《行過死蔭之地》裡，史卡德就結識了兩名年輕駭客，真要寫這類罪案，卜洛克想來也不會吝惜預做研究的功夫；但倘若不讓史卡德四處走動、觀察人間，那就少了這個系列原有的氛圍。

另一個原因則相對沒那麼醒目：卜洛克長年居住在紐約，世貿雙塔就是史卡德獨居的旅店房間窗景，二〇〇一年九月十一日發生在紐約的恐怖攻擊事件，對卜洛克和史卡德這兩個紐約客而言都是巨大的衝擊。卜洛克在二〇〇三年寫了獨立作品《小城》，描述不同紐約人對九一一的反應與後續生活；史卡德沒在系列故事裡特別強調這事，但更深切地思考了死亡——史卡德這角色是因為死亡才成形的，那樁跳彈誤殺街邊女孩的意外，把史卡德從體制內的警職拉扯出來，變成一個體制外孤獨抵抗人性黑暗的存在。過了二十多年，人生似乎步入安穩境地之際，世界的陡然巨變與個人的生理狀態，則提醒每個人：死亡非但從未遠去，還越來越近。而這也符合史卡德與許多系列配角的狀況，他們和史卡德一樣，都隨著時間無可違逆地老去。

「馬修．史卡德」系列的「第四階段」每部作品間隔都較「第三階段」長了許多。第一本是二〇〇一年《死亡的渴望》，這書與二〇〇五年的《繁花將盡》是本系列僅有「應該按順序閱讀」的作品。下一部作品是二〇一一年出版的《烈酒一滴》，不過談的不是二十一世紀的史卡德，而是《八百萬種死法》之後、《刀鋒之先》之前的史卡德——這兩本作品之間的《酒店關門之後》談的是一九七五年發生的往事，以時序來看，讀者並不知道史卡德在那段時間裡的狀況，那是卜洛克正在思索這個角色、史卡德正在經歷人生轉變的時點，《烈酒一滴》補上了這塊空白。

餘下的兩本都不是長篇作品。《蝙蝠俠的幫手》是短篇合集，可以讀到不同時期史卡德遭遇的事件，讀者會發現即使沒有夠長的篇幅，卜洛克一樣能夠巧妙地運用豐富立體的角色說出有趣的故事。二〇一九年的《聚散有時》則是中篇，也是「馬修．史卡德」系列迄今為止的最後一個故事，事件本身相對單純，但對系列讀者、或者卜洛克自己而言，這故事的重點是交代了史卡德以及系列當中重要配角的生活，他們有的長大了，有的離開了，有的年老了，但仍然在死亡尚未到訪之前，在生命裡碰撞出新的火花，發現新的意義。

最美好的閱讀體驗

「馬修．史卡德」系列的起始是犯罪故事，屬於廣義的推理小說類型，每個故事裡也都能讀出推理小說的趣味，縱使主角史卡德並非智力過人的神探，但他踏實地行走尋訪，反倒看到了更多人間光景、接觸了更多人性內裡。同時因為史卡德並不是個完美的人，所以他的頹唐、自毀、困惑，以及堅持良善時迸出的小小光亮，才會顯得格外真實溫暖。

是故，「馬修．史卡德」系列不只是好看的推理小說，還是好看的小說，不只是好看的小說，還是好的小說——不僅有引發好奇、讓人想探究真相的案件，不僅有流暢又充滿轉折的情節，還有深刻描繪的人性。

讀這個系列會讓讀者感覺真的認識了史卡德，甚至和他變成朋友，一起相互扶持著走過人生低谷、看透人心樣貌。這個朋友會讓人用不同視角理解世界、理解人，或者反過來理解自己。

我依然會建議初識這個系列的讀者，從《八百萬種死法》開始試試自己和史卡德合不合拍，不過或許除了《聚散有時》之外，任何一本都會是很好的選擇——不同時期的史卡德作品會有些不同的質地，但都保持了動人的核心。

這些年來我反覆閱讀其中幾本，尤其是《酒店關門之後》，電子書出版之後，我又從《父之罪》開始依序閱讀，每次閱讀，都會獲得一些新的體悟。史卡德觀看世界的視角未曾過時，卜洛克對人性的描寫深入透澈，身為讀者，這是最美好的閱讀體驗。

聚散有時

A Time to Scatter Stones

Lawrence Block

我們四個——克莉絲汀、米基、伊蓮跟我——在他們家的褐石公寓台階前，展開一輪儀式性的擁抱。我跟米基用很哥兒們的握手作結。

「路上小心。」他說。

九月底，週六晚上，清淨爽朗。夜空無雲，如果我們在鄉間，想來可以看見滿天星斗。但城市裡光害嚴重，難以觀測，我懷疑，這是一個真正的隱喻。環境光沖淡黑暗，卻妨礙我們看星星。

米基與克莉絲汀家位於哥倫布與阿姆斯特丹間的西七十四街南側。所以，我們步上人行道，右轉，走半條街，接上哥倫布大道；這條路與六十街交會後，很神奇的變成第九大道。不管是哪個道路名稱，方向大抵往南，公車可以一路載我們到我們公寓對面。

我們走近角落，公車剛好開走。

伊蓮說，「你怎麼想？招部計程車？還是Via？」

Via有點像優步，只是要共乘，價格自然比較便宜。

「你又怎麼想呢？」我說。

「你的膝蓋還好嗎？」

稍早，我們是走過來的。米基．巴魯住的地方，距離我們家不到一英里，天氣好的時候，我們喜歡一路走過來。但我的右膝蓋路上開始犯疼。

「現在沒事了。」我回報，「剛剛過七十二街馬路的時候，膝蓋就沒不舒服了。你想走路？」

「我無所謂。但你的膝蓋走到七十二街那邊又開始作怪了怎麼辦？」

真的走到那兒，我脫口說要過橋，但眼前分明是七十二街。她說，我應該說過街才對。我們一路走去，就像一對白頭偕老的夫妻，其實，不也是如此？

走了幾條街，我的膝蓋還算安分，兩個人很親近，慢慢的，無言。我打破沉默，「剛剛她端上覆盆子塔的時候，我有個感覺，你是不是想聊你的聚會？」

「你發現了？我幾乎說出口了，最終還是忍住。」

「你幹嘛忍？」

「喔，話題突然轉向。」她說著靜下來，過了一會兒，才開口道，「不，當時的情況不是那樣。如果我當時提起聚會，話題才會轉向；但我不想讓現場的氣氛轉到那裡去。」

我點點頭。她說夜色真美，很高興我們決定散步。我也同意。又過了一條街，我的膝蓋開始抗議：你老了，零件損傷。疼痛就此開始反覆，好一陣，壞一陣。

她說，「我還是想把往事藏在心裡。」

「合理。」

「只要揭露自己的身分，不觸及他人隱私，故事也講得下去。我揮霍的青春，米基跟克莉絲汀也略有所聞。只是『塔』，我也不知道——」

「無需過慮。」我說，「跟著感覺走就好。」

「你的膝蓋不行了吧？是不是？我們招部計程車吧。」

我搖搖頭。「也沒那麼糟。我們已經快走到——」

「我嫁給一個頑固的老頭。」

「你知道嗎？這話說得過頭了。」我說，「我認為比起『頑固』，『堅持』這個詞較少價值判斷。」

「我用『頑固』這兩個字，已經偷偷在放水了。」她說，「第一個衝進我腦海的詞是『豬頭』。」

我認為這個詞才真的有價值判斷。」

「我們差一點就到家了。」我說，「你看有多簡單？」

「不管有沒有價值判斷，你總不能說形容詞不精確吧？」

「你在價值判斷的時候好可愛。」

「這是事實嗎？我們回家之後，第一件事情就是把你的腿抬高，讓我準備個冰敷袋。可以吧？」

「一言為定。」我說。

∞

我戒酒一段時間了。十一月滿三十年，在週年紀念之後的一兩天，我還在聚會裡，提到這件事情。

總有人會對我持續參加匿名戒酒聚會覺得很奇怪。我老是想起一個洗髮精廣告：

「你用海倫仙度絲？但你不是沒有頭皮屑嗎？」

「對……啊……」

我也不像先前去得那麼勤了。但我總是排開旁的事情，設法參加聖保祿主教堂每週五晚上八點半的聚會。那時，我們又重新在一起了——算算大吃一驚，已經是二十八年前的往事了——伊蓮也開始參加匿名戒酒家屬後援會。但是活動內容始終沒法打動她；她也沒法跟我一樣，在聚會中找到朋友。有一天晚上，她回家的時候，在後援會的便條紙上，寫了幾句話作結：「出其不意的親密時光，可惜只是偶爾。」

所以，你不妨說，那裡不大適合她。

兩年前，她聽說「塔」（Tarts）這個組織。它並不是哪幾個英文字的縮寫，也不是組織的正式名稱。起初是幾個會員這麼叫，反正也想不出更好的名字。本質上，這是一個有過賣淫經驗的女性匿名互助計畫。

我們剛認識的時候，伊蓮就在幹這行，遠遠超過二十八個年頭。她那時是個甜甜的應召女郎，我是紐約警局的警官，除開我那枚金星警徽，還有一個妻子，兩個孩子，住在西歐榭。我猜，我倆一見鍾情，只是當時不曾察覺，無疾而終；等到命運把我們倆又扔到一塊，這次，我們準備好了。我戒了酒，一兩年後，她也不再接客。如今，我們就是一對慈眉善目的夫妻，還是喜歡彼此老來作伴。

她第三次聚會回家，跟我提到「塔」這個組織。「這是我開始參與的聚會。」她說，「跟以前在這行當的女孩。」

「十二步項目？」（譯註：透過規範性的步驟，遏止上癮跟強迫症，由戒酒無名會研發）

「差不多，只是沒有那十二個步驟。某個姐妹講她的故事，然後，房間裡的我們挨個兒吐露心聲。我不確定我是不是真的屬於那裡。」

「你是。」我說，「你心裡明白。」

「喔？」

「你說，『房間裡的我們挨個兒吐露心聲』。」

「『我們』不是『她們』。」

「是啊。」

「我想你是對的。事實上呢，我想我們倆都對，我屬於那裡。好笑的是，我一直以為我已經走過來了。」

「騙人。」

「是啊。我總是說，做那行幫我得多，害我得少。」

「邱吉爾也講過一樣的話。」

「邱吉爾？就是那個溫斯頓．邱吉爾？」

「人家告訴我的。他講這話的時候，我沒在場。」

「邱吉爾也賣過？」

「天啊，就是個比喻。不，他講的是酒。『我明白酒精幫我得多，害我得少。』」

「喔，說得好。我的印象裡，他嘴裡總是叼根雪茄，沒想到他還是個酒鬼，是不是？你覺得他說得對嗎？那番酒精的論調？」

我說，我沒概念。她點點頭，言歸正傳。「一般認為是玷污門風的賣淫，反倒提升了我。在我幹那營生之前，壓根連自尊都沒有。」

「做那行、幹那營生……」

「不過是委婉點罷了。」她說，「有的姐妹會這樣說。有的就露骨多了，『直到我開始賣X』，之類的。你在笑什麼？」

「夠『露』的了。」

她轉轉眼睛。「我第一次參加聚會，大概是兩週前吧。一進去，我還以為我走錯地方，我比裡面每個人都老太多了。每個人都盛裝出席，講究的裙裝、毛衣、手工剪裁的牛仔褲，怎麼看都不像妓女。」

「這意味著什麼，就不好說了。」

「兩個人上來迎接我，自我介紹，另外一個人遞給我一杯咖啡，我就坐了下來。聚會開始，有個姐妹講她的故事。看起來像是在銀行工作的白領，幫你填抵押表格的那種。鐵石心腸的人，聽了她的故事，眼眶都會紅。她叔叔跟她亂搞，那時候，她幾歲？十一的樣子。五年之後，一個皮條客找上她，她不做一樓一鳳，也不是接電話應召，而是在東二十幾街附近討生活。多半是在車裡給人吹喇叭，有兩次，她都覺得她快沒命，最終還是熬了過來。好可怕，我從來沒有這種經驗。我聽得忘神，情緒好激動，最後，我發現自己得強忍著淚水，差一點就掉了下來。」

「你感同身受？」

「我想是吧。聚會時間是每週二下午在五十一街西邊的克羅埃西亞教堂。」

「去那兒挺方便的。」

「這點倒是不錯。」她說，「據我所知，這城裡只有一個這樣的聚會。我下一個禮拜又去，裡面還都是些漂漂亮亮的女孩，感覺起來，她們以為我是那種一心向上帝的虔誠婦人，走錯路，誤闖她們的聚會。有兩個人記得我上星期來過，連忙過來打招呼，請我落座。聚會開始了。裡面多半的人，我的歲數都夠當她們的媽了，還有兩個，相當於我孫女的年紀。我在那兒，彷彿是好心過來幫她們墮胎的街坊。但是，她們都不覺得我已經是六十幾歲的老太太。」

「你當然知道，單看你的外表，根本沒人想得到你的實際年齡。」

「你的嘴很甜。但我猜這是事實，只是我去酒館，沒人會要我出示身分證件。那些女孩明明知道我的年紀比她們大得多，還是把我當同年齡的朋友傾吐。」她揚了揚頭，「也可能是我寧可這麼相信。」

「不。」我說，「有可能是事實。在戒酒無名會的房間裡，年齡，消失了。我們只會記得你戒酒時間長短，而不是你在這星球誕生多久。」

「今天下午，」她說，「有個看起來比我大五歲的女人，想要用濃妝蓋住歲月的痕跡。這也無可厚非。但她做得過火了，欲蓋彌彰，反而產生反效果。」

「老前輩了。」

「在這行當？當然。在『塔』裡，資歷還淺。她三四天前剛幹過一筆買賣。」

「天啊。」

「如果這**真是**她最後一筆買賣，看來她歇業好一陣子了。她住在莫瑞丘一棟酒店式公寓裡，把門房請進房間來，問他，清洗窗戶要多少錢？他報了個價，她說呢，感覺是往高處報了；門房回了個害羞的眼神，告訴她，也許還有別的解決方法。」

「我想這筆買賣應該是成交了吧？」

「梅西塔貝爾老是說什麼來著？在《阿奇與梅西塔貝爾》〔譯註：在紐約《週日晚報》連載的諷刺短篇主角。阿奇是一隻愛寫作的蟑螂，梅西塔貝爾是一隻流浪貓〕裡？『老太太也要過日子。』」

「她這樣說？」

「她是這樣說的，一字不差，『我把他帶進臥房，把他的腦漿都幹了出來！』」

「希望她的窗戶乾淨得沒半個污點。」

「這就是最精采的部分。事後，他躺在床上翻白眼，她告訴他，如果窗戶清得乾淨，再賞他一大筆小費。他清得徹底，老太太也很大方。」

∞

「單單為這些故事，聚會就不愁沒人參加。」

「你想變成黏在牆上的蒼蠅？」

「男人也能參加嗎？把我當成退休的好色玩家？」

「這種角色對你來說可能硬了一點，親愛的。僅限女生。同性戀男妓倒是有另外一個聚會，不過，那邊可能比較難偷聽到什麼有趣的故事。」

再一次，我感到意外：沒想到離開這行業可能跟一開始踏進去一樣難。「我以前有個客戶，一個從威斯康辛搭巴士過來的金髮小妞，一下車，就投入這個營生。她不想幹了，雇我去說服她的皮條客放她走。」

「琴什麼的。」她說。

「達科能。我記得我告訴過你她的故事，結局不算圓滿。」

「不是一下就被殺了？不是被皮條客殺的就是了。」

「故事有點複雜。我當時覺得，一旦我保證她能自由離去，不受皮條客的騷擾，她就能把過去拋在腦後。」

「也許她真能。」

「也許事與願違。也許她能把貞操守到窗戶必須找人清理。」

「守貞？」

「這個嘛，我不知道專有名詞。在你們的聚會裡，『戒酒』的同義詞是什麼？」

「有不同的說法。有的女孩說，**直女**，但得罪好些男同性戀。有的人用**從良**，又覺得說教的意味兒太重，我個人是不喜歡，但也不至於不舒服。**乾淨**指的是不碰毒品，我們裡面有的人乾淨，有的人嗑藥，這詞兒也派不上用場。這樣一來，差不多沒字可用了。我還聽過一種說法：只要你還在嗑藥，就不能說真的脫離這營生，所以，這個詞就被淘汰了。如果你需要說服醫生幫你開處方，或者需要錢去買毒品，遲早還是會回來幹這行。」

「多半是什麼樣的情況下會失足？你們是不是說『失足』？」

「失足、重操舊業。或者就是這樣簡單一句：『別怨我，我又回去幹了。』跟戒酒無名會相比，我們不會刻意強調清醒跟洗手不幹的時間長短。」

「無論如何，船到橋頭自然直。」

「在戒酒進程裡，數字是很重要的，對嗎？九十天以上沒碰酒的人，才有資格帶領聚會。」

「沒錯。」

「當然，我們才開始聚會，十個月還是十一個月？戒酒無名會是有傳統的吧？除開那些步驟之外。」

「紮紮實實的十二步。」

「一年都不到的組織大概很難發展什麼傳統。」她墜入沉默，一會兒。「上週的聚會是我帶的。」

「喔？」

她點點頭。「分享我的故事。」

「和盤托出？從子宮到地宮？」

「從勃起到復起。」她說，「說你呢。」

「荒唐這些年，終於，我算是嫁對人了。」

「差不多這意思。」

「說真的，」我說，「你到底分享了什麼？」

「不行。」

「不能說？」

她搖搖頭。「你得親臨現場。」

∞

抬腿倒是簡單得很。客廳有張躺椅。我只要坐定，把靠腿墊抬高就成了。她還給我個冰敷袋，它上回派上用場，是伊蓮上瑜珈課拉傷肌肉的時候。

「也許我們該準備一對。」

「兩邊的膝蓋都要一個？我不知道全都出狀況了。我可以找條毛巾裹點冰塊代替。」

「不，另外一邊的膝蓋還可以。我只是想幫我們一人準備一個。」

「這又不是牙刷，親愛的，共用冰袋沒有什麼衛生顧慮。」

「是嗎？我的牙刷歡迎你隨時使用。」

她想了想。「我們這種年紀，」她說，「應該是雙冰袋家庭沒錯。」

「抱歉。」我說，「一閃而過的念頭，正經八百的講出來，感覺滿沮喪的，是不是？」

「我喜歡我們兩個一起變老的概念。」

「我也是。」

「我以前會覺得，如果我真的活到這麼老，」她說，「應該是一個人過日子，棲身在佛羅里達某個拖車公園裡面，每週設法去沙壺場兩次，至少身材不會太走樣。」

「我已經活得比我料想得久多了。」

這話題又延續了好幾分鐘。然後她去廚房，端出兩杯甘菊茶。我以前整個白天、半個黑夜，咖啡一杯一杯的灌，如今只能早晨來一杯。偶爾喝上兩杯，在我自認有假日感覺的時候。

沮不沮喪，全看你怎麼想。

∞

早晨，半睡半醒之間，電話鈴聲響了。伊蓮那邊的床位空了，我拉長身子去接，但她已經在別的房間接起來了。我聽到一個女人的聲音道歉，這樣早打電話過來；伊蓮回說，時間沒什麼不妥，很高興接到她的電話。聽到這裡，我掛上電話，盤算是不是該起床了。

她一定是聽到淋浴的聲音，等我進廚房，早餐已經準備好了。一個蛋捲跟兩片英國瑪芬，我正在品嚐我的晨間咖啡，她說，「電話把你吵醒了吧？對不起，我兩手都在忙，直到電話響到第三聲，我才接得起來。」

「反正再睡也睡不了多久。」
「今天早上你的膝蓋還好嗎？」
「要不是你提起，我壓根忘記這檔事了。所以，我想應該還好吧。」
她用個瑋緻活小茶壺給自己泡了一壺茶，倒上一杯，細啜一口，又開口，「是伊倫．李思康。」
「打電話來？」
「嗯嗯。」
「是不是我見過的那個？塔裡的伊倫？」
大概一星期前，我經過五十七街與第九大道交叉口西北角的晨星，我瞥見伊蓮坐在很裡頭的桌邊，原本以為只有她一個人，進到餐室，卻看到她有朋友。有個女人坐在她的對面，年齡大概只有伊蓮的一半，體態婀娜，一頭蜂蜜似的金髮披在肩頭。我穿過餐室，伊蓮替我們介紹。我說，很高興認識她。
「伊倫與伊蓮。」年輕的小姐說。她的臉龐極美，藍色的眼珠裡卻盡是提防。「一對小伊。只是沒人這樣叫我。」
「我也沒有。」伊蓮說。
場面話也只能講到這樣。我再次表達，很高興認識她，繼續幹我的事情去。當天稍晚，我見到伊蓮，跟她說，她朋友很有吸引力，人看起來很好。
「非常好。」她說。頓了好一會兒，她說，「我是在聚會裡認識她的。」

「你確定我不能特准入『塔』？」

「她很美，是不是？我算是她的輔導員。」

「算是？」

「我在幾次聚會裡，都沒有聽到『塔』裡有什麼輔導員制度。她顯然是認定我比較有經驗，想從我這裡聽到建議；我又喜歡她，我記得你說維持這種關係的人叫做輔導員。」

有個叫做吉姆．法柏的人，曾經是我的輔導員。我們一道在週日晚間聚餐，就我們兩個人，維持數年之久，總在附近那幾家中國餐館。有時候，就算我們下午沒參加聚會，也會相約便飯。法柏是我想喝酒的時候，會打電話給他的人；在我戒酒成功之後，生活中碰到什麼難題，率先求助的，還是他。

二十年前某個週日晚上，他被殺了。一個人誤把他當成我，開了槍。對於他的死，我愧疚不已，直到有一天，他的聲音終於傳進我的耳朵裡。他告訴我，我譴責我自己，就是為了我必須要上的那趟廁所嗎？愧疚，是另外一種形式的自憐。這想法讓我很是悸動，彷彿他就站在那裡，大聲的警告我，徹底的打動了我。

如果你的輔導員死了、又開始酗酒，或者搬到紐奧良，一般標準的建議就是再找一個合適的人選，請他接替這個角色。在剛開始戒酒的階段，這事兒很重要，也比較好辦；但，吉姆死的時候，我已經戒酒十五年了，實在很難找人替代，也沒什麼急迫性。

一般來說，輔導員要比你戒酒的時間更長，跟你同齡，或者年長些。在我常去的聚會裡，沒有合適的人選；我跟我自己說，有需要，我總能找到一個。但天不從人願。如果我有心事，需要商量，我也能找到人，陪我喝杯咖啡，好好談談，跟輔導員沒兩樣。只是雙方的關係比較隨性，沒法固定是同一人。

幾個星期後，隔著早餐桌，我說，「所以，你現在是她的輔導員。」

「算是。」

「伊蓮跟伊倫。」

「嗯嗯。」

「她是不是這樣說的？『一對小伊』。」

她轉轉眼睛。

「你知道。」我說，「我沒法說我由衷期盼她幸福，但如果她失足，碰到什麼麻煩，你會告訴我嗎？」

「我確定你已經知道你是個爛人了。」

「是的。」

「我猜你喜歡她的長相。她很可愛，對不對？」

「非常。」

「我自己也想上她。」她說，讓我看她輕吐的舌尖。「你已經開始想了，是嗎？」

「可能我心頭一閃而逝。」

「你正在想像跟我們倆同時上床的景象？」她說，「三P性幻想，老套了；唯一有點新意的是，這也可以不是幻想，對不對？可以實現的。她睡在我們倆的中間。我們想要她幹什麼就幹什麼。」她的舌尖輕輕的滑過嘴唇一周，眼睛閃出光彩，一手撫著我的大腿。「我們可以回到床上去。」她說，「好好聊聊。你覺得你會喜歡嗎？」

∞

事後，我大概盹了幾分鐘，張開眼睛，伊蓮端杯咖啡站在床邊。「咖啡變冷了。」她說，「幸好我們還打得火熱。」

「天啊。」

「起來吃早餐，再回到床上去。對我們這種年紀來說，打個小盹可能是個好主意，他們是不是經常這樣說？」

「小睡勝沉睡。」

「真的好像她剛剛也在床上似的。」她說，「說不定還更棒，因為這樣一來，我們愛怎麼想，就怎麼幹。他們也說，千萬別讓幻想成真，現實總不免失色。」

「真有人這麼說？」

「應該是有，你不覺得嗎？」她輕撫我的身體，一隻手按在我的腰窩。「你有沒有覺得很棒？」

「這還需要問嗎？」

「不用。我全程都陪著你啊。我想，我們倆還保有對彼此的熱情，實在非常難得。」

「偶爾激情一次。」

「只要我們倆站得起來，可能要經常加溫。只是不能像剛剛那樣。你明白吧？是不？」

「不能怎樣？不能回床上去？不能分享無傷大雅的性幻想？」

「這兩件事都可以。」她說，「但我們得找另外一個想像的朋友。」

「因為她是你的輔導對象。」

「隨你怎麼稱呼。那種大學才念一年，就轉職業的球員叫做什麼？」

「一年閃人。」

「那就是伊倫。」她說，「在我們眼裡，她就是一年閃人。」

她離開房間，我聽到淋浴的聲音。我還沒察覺，她又回到臥室，手裡拿著毛巾，有點急切的擦乾身體。「喔，天啊，」她說，「怎麼距離十一點只剩十五分鐘了？」

「有什麼關係？」

「再十五分鐘她就到了。」

「誰？」

「還會有誰？伊倫啊。」

「就是那個一年閃人？她要來我們家？」

「這就是她打電話來的原因。」她急急忙忙的在房間裡打轉，挑了外衣，趕緊穿上。她著裝，有時需要兩小時，有時候只要五分鐘。

「如果她過一會兒就要來——」

「想都別想。事實上，你也沒麼好想的，去沖個澡，趕緊把衣服穿上。」

「你知道。」我說，「我今天不見她，也沒什麼了不得。你不能帶她到對街去喝杯咖啡？」

「不行。」

「可能她去厭了『晨星』，『火焰』就在一條街外而已。」她又搖搖頭。「為什麼不行？」

「因為她需要見你。」

「我？」

「她就是為這個打電話來，我請她十一點來家裡坐坐。她碰到點問題，所以，你得等她，讓她告訴你原委。我知道你已經洗過一次了，但是——」

「我還需要洗一次。」

我淋浴，還刮了鬍子，剛剛懶得這樣講究。我穿上衣服，主要是貪圖舒服，並不在乎風格：一條牛仔褲，一件L. L. Bean的蘇格蘭絨襯衫。伊蓮總說這件襯衫讓我看起來好像是女同性戀。也許靠這身打扮，她們會讓我進到「塔」裡。

我換上一件Lands' End的扣領襯衫，下襬塞進褲子裡，不確定我在磨蹭什麼，拖拖拉拉的進到客廳，咖啡桌上，出現新換的茶壺跟托盤。伊蓮跟她的輔導對象坐在沙發上，中間隔著幾英尺，手上都端著一杯茶。桌上有第三個茶杯等著我，我倒滿，朝躺椅走去；不放倒下來，也就是張尋常的椅子。我落座，輕輕的啜口茶。

伊蓮說，「馬修，你記得伊倫。」

記得纖毫畢現，我想。

「在晨星遇見的那位。」我說。

「對的。」她說。

「我們有個小問題。」伊蓮說，「比較接近你的專業領域，我就外行了。」

這也就是說，必須讓小伊倫發現自己有在酗酒，由我帶她去聚會嗎？還是介紹某個女生輔導她，她會比較自在？這樣回想起來，讓她在我們的性幻想裡扮演某種角色，殊為不智，對我們兩個都很不適當。

「你幹過警察。」伊倫說，「然後轉為私家偵探，我說得對不對？」

而且幹得相當不壞，我想，但很快因為值勤失誤，淪為酒鬼。

她又敷衍幾句，眼光投向伊蓮，狀似求救。她施以援手，只點點頭，很明顯，這已足夠。

「有一個人。」她說。

「不是皮條客。」伊蓮首先澄清。

「不，並不是那種問題。客人。」

我等著。

「他不接受『不』這個答案。」她說，「我跟他說，我以後不再接客了，他說，他很高興聽到我的決定。我想，他真正的意思是，很多約翰（Johns），也就是我的客人——」

「馬修知道我們的行話。」伊蓮說。

「我跟他們宣布，不幹這行以後，好多客人跟我說，這個決定很好。喔，他們當然會想我，但我這個人太好了，實在不該陪陌生人睡覺來討生活。嗯，他們沒講得這樣直接，但——」

「但也就是這意思。」

「是的。不過，我已經做好準備，應付這種對話，不管怎樣的版本。但接下來，這人卻說，我不斷接客，讓他多少有些困擾，很高興以後只接他一個人。」

「他這想法打哪來的？」

「不知道。他假裝順著我的話頭，充分了解我的想法。但他的所作所為卻是說，我盡可從良，他剛好一直來找我，專門陪他睡覺。」

「那你有澄清嗎？」

「他沒留機會給我。『跟你說，光用講的我就全身發燙、焦躁不安。小伊，我十五分鐘趕到你那裡，你想跟我講什麼，就等到那時候。』」

「小伊。」伊蓮說。

「在我們開始約會的時候，他問我別的男人怎麼叫我，我說伊倫。『那麼，我就要叫你小伊。』從此之後，他總是這麼叫我。」

我說，「宣示主權。」

「我想是吧。跟別人用一樣的名字叫我，他只是另外一個嫖客，不是他需要的女朋友體驗。」

伊蓮說：「現在流行這個調調？」

「是啊，多半是三十歲以下的男生。」我的表情多半有點茫然，因為她緊接著幫我解釋。「所謂的男朋友就是客人，費用預付，免得到了最後煞風景。你得外出吃晚飯，跑幾家俱樂部，兩人裝模作樣，假扮情侶。」

「裝模作樣？」我說，「這是為了誰呢？」

「多半是為了他。你跑到一個有人認識你的地方，帶個很辣的女孩，含情脈脈的看著你，再把辣妹介紹給現場的其他朋友，為什麼不呢？男女朋友不是嗎？不僅僅是炫耀。他是要你當他的女朋友，維持一個晚上這樣的關係。」

「晚上結束的時候呢？」

「帶他回家，幹他啊。但，你知道，這也得羅曼蒂克，過程裡，要有很多的親親，也許要演點戲，讓他覺得他得花點功夫勾引你。」

「反正他總有辦法得逞。」伊蓮說。

「是啊，當然。我想，這種把戲好玩的地方就是，他不必擔心晚上怎麼結束、不用灰頭土臉的回家，上色情網站打手槍。他有把握晚上一定睡得到你。」

「女朋友經驗。」我說。

「在這個最古老的行業裡，剛誕生的新把戲。」伊蓮說，「在聚會裡聽人提到之前，我還真不知道這個詞。我的印象是：這是大家略有耳聞，卻幾乎沒人碰到過的情境。」

「也沒那樣罕見。」伊倫說，「我的意思是：我以前也經歷過。」

「喔？」

「一個小夥子。我覺得搞這種把戲的多半是年輕人。單身，對女性可能沒什麼自信。這人住在威廉斯堡，比較接近怪胎，不是什麼特立獨行的玩家。電腦專業，搞高科技的。我覺得他就很愛玩這套，我跟他說，我喜歡當他的女朋友，但時間這樣長，我需要收一千元。」

「他付了？」

「連吭都沒吭一聲。而且感覺不錯，他帶我去葛馬西酒館吃了一頓大餐，點一瓶很貴的紅酒；即便我們兩個都只喝了一杯，就沒再添了，他也不在意。然後，我們走了幾條街，聊了一會兒天，招來一部計程車，回家的路上都在喇舌。」

「喇舌。」伊蓮說。

「跟孩子一樣。他付了計程車錢，送我到門口，我想牽著他的手上樓去，正在掏鑰匙的時候，他講了這樣一段話，『你知道嗎？伊倫，我過得很愉快；如果你希望今晚在這裡結束，我要你知道，我並不在意。』」

「然後你說，『今晚你花錢買的內容已經結束，接下來，我要你跟我上樓做愛。』」

「我不記得我有說『買』這個字，應該是比較接近『我們安排的晚間活動』，其他幾乎一字不差。」

我問伊蓮她怎麼知道？

「因為是我，我也會這樣做。」她說，「讓這傢伙享受徹頭徹尾的女友感受。」

「如果我說，我很開心，但希望他就此離開，他也會默默的走人。非常確定。他可能會覺得失望，但我猜他也不會暴跳如雷。而且你們也發現了，他是一個好人，當天晚上很愉快，何必壞他的興致？你們還想知道別的嗎？」

「在那個時候，你其實也很想上他。」

「是啊！不是因為性，而是因為當天晚上，就該那樣結束、因為當他的女朋友很好。」

講到這裡，話題還算是滿有趣的，引人入勝；但繞了半天，始終沒有切入正題。我說，「打電話來的這傢伙，從來沒要你當他的女朋友。」

「沒有，他要的是上班小姐。『做這個，做那個』，他要我做的事情多半都很乏味，但我有錢拿，他也希望我能賺到錢。」

「他現在要幹什麼？」

「要過來，跟我做愛。」

伊蓮說：「我不覺得你會跟他說『去吃屎』。」

伊倫微笑。「我不認為我會跟任何人說這種話。」她說，「不過我很喜歡講這句話的氣勢。」她轉向我，「我什麼也沒說。他也沒給我任何機會。『我十五分鐘後到』，電話一掛，談話結束。」

「他十五分鐘真的趕來了？」

「手指準時按在門鈴上。一長聲、兩短聲，我就知道是他來了。相信我，我早就知道他在門口。」

「然後呢？」

「我讓他進來。沒一會兒，響起敲門聲，我開了門，煮了一杯他想要的咖啡，然後他就說：『來吧，寶貝，我想要你。』

「你就讓他上了？」伊蓮說。

「我不知道還有什麼選擇。不管哪個階段，我都想不出別的可能。他打電話來、他在樓下按鈴、他敲我的房門，還有他想要一杯咖啡。一路過來，每個環節，我都聽到我的心裡在吶喊**不**，但我聽到的，都是我在說**好**。」

「一路進到臥室？」

「一路滾到床上。」看著我，彷彿我弄明白了是很重要的事情。「比較簡單。」她說，「順著他，不要說不。他很有自信，認為事情一定會按照他的想法執行。你知道，他塊頭很大。我不知道他壯不壯，但力氣看來不小。如果他真要上我，我又能怎麼辦？」

「就上吧。」伊蓮說，「千萬小心就是了。」

「是嗎？我那時是這樣想，但也許我錯了。也許一個堅定的『**不**』可以把他趕回家。」

「也許你會被強暴，外帶一頓毒打。」

我說，「事後，他做了什麼？付錢給你了嗎？」

「他是常客，兩百元的那種。他從褲子口袋取出皮夾，非常刻意的把三張百元大鈔，放在桌邊。等著我流露出驚訝的神情。我想我的反應應該不夠熱切，因為他說，『多加了點，小伊。』」

「小伊。」伊蓮說。

「『多加一點是因為你以後不再接別的客人了。』我說，謝謝他這樣貼心。」

「其實你嚇壞了。」

點頭。

「我不知道他接下來會怎樣。從他打電話來開始，我就沒法預測。」她深吸一口氣，「他穿好衣服，我套上牛仔褲跟襯衫。然後，他又開口了，口氣再尋常不過，下一次，他要換個地方上我，嗯，你知道的，那裡……」

伊蓮說，「換去梅西百貨的櫥窗裡嗎？」

伊倫大吃一驚，笑到前仰後合，反應好像過於誇張。「我的天啊，好好笑！進去我的，你知道的。」

「進到你的小菊花。」

「我不知道剛剛為什麼說不出口。對，他想要跟我肛交。我用場面話搪塞。我沒法跟他那樣親熱，因為他的老二太大了。這套託詞一般能應付。他們一高興，就忘了自己的慾望——可惡，我為什麼不能有話直說？」

我等著。

「就是不能插我的屁眼！」她說。

「他怎麼反應？」

「他就笑笑，說，這不是問題。熬過頭兩次，就會很順利了。所以，我只好說，我並不是在意這個，我就是不喜歡。」

「他怎麼回應？」

「他說，我不用喜歡，我只需要接受。」

「貴族口吻。」伊蓮說，「然後，他就走了？」

「我送他到門口。他轉身摟住我的肩膀，親我的嘴。這也不行。」

「不行，當然不行。」

「除非是演他的女朋友，但這是兩碼事。我不能解釋其中的道理，但——」

「但，就是兩碼事。」我說，「他親了你，然後呢？」

「我嚇了一大跳，呆在當場。他說，他現在可以這樣做了，因為他不用擔心我的嘴唇又去流浪。」

她有點失神，開始啜泣。我走出去，給伊蓮一個機會單獨安撫她。

∞

等我回來的時候，伊倫已經重拾平靜。伊蓮把茶杯再度倒滿。我喝了一小口，說，「他一離開你家，我希望你就搬家了吧？」

「一個小時內，我就搬了。我把一些家當扔進運動袋裡，招部計程車，趕去旅館。旅館有點貴，但我有他給的三百元，不是嗎？」

「住紐約的旅館，撐不了多久。」

「可能連兩天都熬不過去。頂多一天，加上客房服務，一餓，我就想點吃的。凱撒沙拉跟咖啡，我想他們就開了二十五元的價格。」

「但你不想離開旅館？」

「連房間都不想離開。」她說，「客房服務送上來的時候，我連門都不敢開。」

「你在旅館也坐立難安。」

她點點頭。「我存了點錢。」她說，「我可不想脫離這行，卻餓到肚皮。我把家裡的現金全都帶走，銀行裡還有一筆錢。所以，我可以在旅館窩上一會兒，只是我不喜歡把錢虛擲在這種地方。」她鎖定我的眼睛。「我拚了命也得想出個辦法。」她說。

「你要怎麼做呢？」

「我在旅館躲了一天之後，打電話給仲介，幫我找到東二十七街公寓的那個。四年，快五年前了，但他還記得我，至少裝做還記得。」

「你不大容易忘記。」伊蓮說。

「你的嘴巴真甜。但我照鏡子，卻只看到一張空白的畫布。你知道，美歸美，沒什麼個性。」

「你只看到這些？」

「差不多。誰知道呢？也許這些鳥事能在我的臉上加點個性。」

「至少不算一無所獲。」伊蓮說。

我說，「他有跟你聯繫嗎？」

「當天下午就有回音了。在西端大道有間公寓，六個月，轉租，全裝潢，床單、毛巾一應俱全，書架上還有好些書，只需要簽約即可入住。」

伊蓮說：「我想馬修問的是完美先生是什麼時候又找上你的？」

我點點頭，「因為如果他沒找上門來，」我解釋，「也就沒有問題了。」

「喔，對。我滿腦子還是房地產仲介。不知道，兩天？三天？電話鈴響了，就是他。」

「新公寓的電話？」

「房東出國，把電話暫停掉了。他是哥倫比亞大學的終身職教授，度假去了。比較語言學，我還真不知道這是哪門子學問。」

「你會弄明白的。」伊蓮跟她說，「只要把書架上的書讀完就成了。」

我說，「他打你的手機？」

「對。這兩年來，我只有這支電話，因為我發現沒理由花錢裝室內電話。」

「電話鈴響，你就接起來了？」

她搖搖頭。「我認識他的號碼。沒接，讓他進入語音信箱。」

「他留言了？」

「這一次沒有。一個小時之後留了。『沒法讓你離開我的腦海，小伊。』」

「但你還是沒接電話？」

「沒有。我從來不接他的電話。事實上，我什麼電話都不接。我怎麼知道他不會用我沒看過的陌生號碼打來？我會檢查留言，如果需要聯繫的話，再回撥；沒留言，說不定就是促銷廣告，接起來，頂多知道去巴雅爾塔港（譯註：墨西哥度假勝地）租分時度假公寓，能省多少。」

我問訊息內容有沒有什麼變化。

「起初，就是很淫穢。就是我們在一起會講的那些，這個那個的。然後就語帶威脅，不過就那一次而已。」

「怎樣的威脅？」

「『你是很漂亮的女孩，但容貌是會改變的。』」

「但這是唯一一次的威脅？」

她點點頭。「從你的表情看來，這是個壞消息。我還以為有轉機，因為以後他就沒再提了。並非如此？」

「也許是。」我同意，「但也許意味著他不想留下證據。」

「證據。」她說。

「在你的電話裡。訊息保留了嗎？」

「天啊，我真的笨死了。我一聽完，就把留言刪掉了。我真想聽都不聽，直接刪掉。完全不想讓他的聲音進到我耳裡。但我覺得我必須聽，必須要知道他是不是，你知道——」

「逐漸逼近中，」伊蓮說。她的身子前傾，「親愛的，」她說，「發展已經不妙了，千萬不要讓情勢失控。我想，你現在最急迫的事情，就是趕緊申請一張保護令。」

「我不能。」

「你當然能。程序很簡單，連律師都不用，當然要找一個陪你也無妨。你只需要——喔，如果你擔心激怒他——」

「她不知道他的姓名。」我說。她們兩個瞪著我，我說，「這就是問題，是不是？」

「我只知道他叫保羅。」伊倫說，「他從來沒有告訴我他姓什麼；講到這事，我覺得他根本不叫保羅。有一次，他跟我講了個故事，我用第三人稱叫他。『保羅會怎麼想呢？』諸如此類的句子。他過好一陣子才意識到，好像保羅這個名字根本不曾出現在他心頭一樣。」

我問她有沒有什麼線索，知道他可能叫什麼名字。她說沒有。伊蓮說，他也許叫做「龍佩爾斯迪爾欽」（Rumpelstiltskin，譯註：格林童話裡的侏儒妖怪，名字詰屈聱牙），一定要知道他的姓名才能申請保護令嗎？我說，我想應該是，我從來沒有聽過有什麼針對約翰・杜（譯註：無名氏）或者「敬啟者」的保護令。

伊蓮說，「你知道的，就算有保護令又能怎樣？『換日線』（譯註：美國國家廣播公司的新聞性節目）常常在報，申請保護令之後，最常發生的事情就是她消失了，全城人都到樹林裡去，叫她的名字，搜尋她的下落。喔，天啊，親愛的，這種事情不會發生在你身上。我看太多電視，就這麼脫口而出了。」

伊倫的臉色有點蒼白，感覺要失去神智了，但還是勉強撐下來。

我說，「事實上，保護令只能在對方違法的時候，有利於你提出告訴。真的有危險，派不上用場。」

她問我是不是會真的有危險？

「我覺得你應該假設你真的有危險，並不是說他在跟蹤你，但是——」

「沒錯，你說得對。」

「喔？」

「最後一通電話，就在今天早晨。這就是為什麼我嚇壞了，一早打電話來的緣故。『你搬走了？小伊。為什麼你要離開呢？為什麼要這麼做？』然後他說了好些廢話：搬家怎麼可以連桌上的盤子都沒收？我想不想回來拿我的鱷魚皮包？」

「你真的把盤子留在桌上？」

「我急著離開，沒時間收拾。鱷魚皮包放在臥室衣櫥的架子上。他必須進來公寓、再到臥室，打開衣櫥門，才說得出那樣的話。」

我問她訊息是不是還留在手機裡？

「天啊，我真的笨死了……」

伊蓮告訴她，她並不笨，只是害怕，而害怕也無可厚非。剛才我離開客廳，塞了本筆記本在後口袋。我現在把筆記本抽出來，拔掉原子筆的筆蓋。

我說，「讓我們整理一下，你對他到底知道多少。」

「我什麼也不知道啊。我只知道他叫做保羅，也不確定是真是假。」

我告訴她，她知道的遠比她以為的多。

∞

舉個例子說，她知道他的電話號碼。事實上，還是牢記在心，好確認他的來電。區號是九一七，意思是這是本地的行動電話。

「我從來沒有想過這點。」她說，「知道電話號碼，就可以追蹤到本人嗎？」

如果你是警察，當然可以，或者認識欠你人情的警察也成。我曾經幹過警察，離職後，還有不少警界朋友；但每一天，都有些熟人走進歷史。我的同事老早以前就退休了，再次看到他們的名字，多半是在訃聞版。我當私家偵探，在工作的時候，也跟年輕警察打過交道，還跟幾個保持好一陣子的聯絡。但即便是他們，現在也大多退休了，好些不知所終。

我說技術上做得到，但是，必須是記名手機才行。

「也有可能是拋棄式的（burner）。」伊蓮解釋說，這種電話多半是匿名購買，常常是使用預付卡；用於特定目的，事畢順手就扔了，不留任何記錄，沒法追到使用者。

「我看我能查到什麼地步。」我說，「看看你還知道什麼有關他的事情。他幾歲？」

「應該是四十出頭。我不大會看別人的年齡。」

「不小於三十五，也沒超過五十。」

「大概是這樣，對。」

「多高？」

「六呎一吋，六呎二。」

「體重呢？」

「我不知道男人的體重。我的意思是說，我不知道怎麼猜。」

「他胖嗎？瘦嗎？他的體型怎麼形容？」

她的眼睛一亮，這個問題她答得出來。「比標準身材多個幾磅。」她說，「有肌肉，看起來是上過健身房。」

「刺青？」

「沒有。」

「疤痕？」

「我沒注意到。」

「有沒有留鬍子？」

「沒有。」

「頭髮茂密嗎？還是開始禿了？」

「髮線有在退後。」她扶住自己的頭髮，「剛剛開始。我不知道他自己有沒有注意到。」

「髮色？」

「褐色。深褐色。」

「有沒有摻雜一些灰髮？」

「我是沒看見。當然我是不知道『男士專用』（譯註：染髮品牌）跟他的髮色有沒有關係。」

「男人會用這個？」

「喔，天啊。」伊蓮說，「當然沒人用啊！這也就是為什麼在美國，每家藥店都買得到的緣故。」

「我的意思是說，我沒認識哪個**男人**染髮。」

伊蓮說我錯了，舉出火焰酒吧的出納。我問是哪一個？她說就是週間下午值班的那個，帶著角框眼鏡。我說，「馬文？他染頭髮？你怎麼知道？」

「有的時候，髮根會露餡。而且，顏色也太黑了。」

「姑且先聽你的。」我轉向伊倫，「深褐色的頭髮。多長？他怎麼梳理？」

諸如此類。我問，她答。我把重點寫進筆記本。

「他住在哪裡？」

「從來沒提過。」

「有沒有關於住處的線索？比方說，他家可不可以走到現代美術館？從他家去洋基棒球場，搭幾號線？」

「沒有。」

「他是怎麼到你那裡去的？」

「計程車吧？我想。」

「他去你那裡跟離開，是用相同的方式嗎？」

「據我所知。」

我感覺到有些遲疑。「什麼？」

「有一次他看了看錶，拿起手機，不知道做了什麼。我猜想他是叫優步吧，或者，不知道，Lyft〔譯註：共享租車的網路品牌〕？不管是什麼，他都是用手機上的APP處理。」

我們又測試幾個方向，還是苦無線索。我問他是不是土生土長的紐約客。

「沒聽他提過。」

「但他提過別的事情吧？總是用他自己的聲音吧？有沒有口音？」

「沒有外國人的口音。沒有。」

「南方人？中西部人？布朗克斯？布魯克林？」

「就是美國人的口音。」她說，想了想，「他不是紐約人。」

「你的口氣很篤定，伊倫。一分鐘以前，你還不確定他操什麼口音。」

「我還是不知道。有時候他會說，『這些年來，我都住在這個城裡。』感覺起來，他是從別的地方搬過來的。」

範圍縮小了點，我想。這城裡一半的人口都是從別地方搬來的。

「他結婚了嗎？」

她不認為。「他沒有戒指，手指上也沒有脫掉戒指之後的痕跡；聊天的時候，從來沒聽過有什麼人在家等他，更沒講到孩子。」

我正想問保羅靠什麼過日子，她卻直接回答我的疑問，「我不覺得他有工作。」她說，「應該是個體戶。」

「哪個行業？」

「自己經營事業。我是猜的，他好像很習慣發號施令。」

「他有沒有提過他是做哪行的？」

「沒有。」

「工作壓力？任何讓你可以推測他幹哪行的蛛絲馬跡？」

「我是想不到。」

「消遣呢？他打高爾夫球嗎？」

「沒說過。」

「其他運動呢？」

「頂多當個觀眾吧。有一天，他說，他當天晚上有尼克隊的球票，一個球場邊的位子，某個人給他的。聽起來他不是球場常客，也不特別支持某個球隊，好像連比賽本身都不在意。」

「球票。他有說要跟誰一起去嗎？」

「沒有。」

「我不覺得他有邀請你。」

「他邀請我幹嘛？」

伊蓮說：「也許他也想來個女朋友經驗。」

「不，那不是他想要的。我已經給他想要的了。」她皺眉，「賣他想要的商品。他樂於付款。他喜歡從皮夾子裡掏錢，交給我的過程。」

「永遠是相同的數目。」

「兩百美元。永遠是兩張百元大鈔。」

「直到那一天。」

她點點頭。「那天他給了我三張。」

∞

調查持續。細節累積，但始終不曾拼出整體圖像。我知道保羅很多事情，但就算我跟他搭同一節地鐵，我也認不出來。

即便是同一個電梯。

更多問題，更多答案，直到我覺得再問下去，也是白費力氣為止。我套上原子筆套，闔上筆記本。伊倫說，她最好還是回家去。

「應該是回西端大道吧。」伊蓮說。

「別擔心。我絕對不會靠近二十七街。」

「我陪你下樓。我去透透氣，讓馬修有點時間仔細看看筆記本，讓他的警察心智活動活動。」

我不確定什麼是警察心智，就算我有，也不知道要怎樣活動。沒想到伊蓮很快就回來了。「我把她塞進計程車裡。」她回報說，「車很快就開走了。我沒有看到什麼人鬼鬼祟祟的，我需要注意嗎？」

「應該還好。」

「我說，明天聚會再見；還跟她說，隨時打電話來，白天、黑夜，有需要就打來。」

「很好。」

「這個叫做保羅的男人，是不是控制慾望太強了點？『你可以不要命，但不能不要我。』」

「有點這個意思。」

「如果他一直找不到她，打電話永遠不回，遲早他會厭倦，找上別的他覺得值兩百美元的女人。」

我沒吭聲。

「怎樣？難道他不會嗎？」
「也許。」
「但你不認為？」
「希望如此，」我說，「但我不認為，沒錯。」
「我也沒那麼樂觀，說不上來為什麼。他從來也沒有暴力相向過。」
「沒有。」
「稱不上有什麼肉體虐待。他最後跟她講的那句話，有點類似，就是提到下一次他要肛交。」
「也不在乎她喜不喜歡。」
「事實上，對他來說，這樣更刺激。我不喜歡這種姿態。」
「沒錯。」
「如果下次見到他，讓他為所欲為——」
「她不會再見到他的。」
「我們哪會知道？親愛的。我們不知道這兩條平行線會有多節制，但是——」
「她有可能重操舊業。」
「他可能找得到她。他已經有辦法混進她的公寓了。你想得出來他是怎麼做到的？」
「趁她沒注意的時候，偷走備用鑰匙。塞他最著名的百元美鈔到管理員手上。要不，就找個法子混進大廳——」

「胡亂按門鈴，直到有住戶放他進去。」

「這是一個方法。這可以讓他走到她的公寓門口，說不定他有本事開鎖。她走得匆忙，也許根本忘了鎖門。也許她只是關門，讓鎖自動扣上。」

「這樣就不必費神掏鑰匙，還得轉門把。」

「撬一般的彈簧鎖，特別是舊公寓的大門，並不難處理。一把奶油刀就可以搞定。」

「『你忘了你的鱷魚皮包。』這句話聽得毛骨悚然。」

「如果他機伶到這種地步——」

「那他也可能有本事跟蹤她。」她做了個鬼臉。「也許他還真想得出辦法。萬一，他逮著她，她只好跟自己說，再讓他幹一次算了，比擺脫他簡單得多。當然，他會堅持要肛交，因為她讓他發現，她就是不喜歡。他們做完了，下一步，他又會找到她討厭的事情，繼續折磨她。」

「如果拒絕，他就會強暴她。」

「我相信你，你總會看著樂觀的那一面。」她說，「親愛的，你接下來要怎麼辦？」

「唯一該做的事情，」我說，「就是找到他，制止他。希望能找到方法。」

「在電影裡，」她說，「只要有人建議去找警察，一定會被嫌是爛主意。」

「要看是哪部電影。有的時候，他們還真去找警察，你猜結果是什麼？」

「證明是個爛主意。」

「一定是的啊。」我說，「要不然電影演什麼？但只要我能想到半點好處，我一定會盡快把案子轉交給警方。」

「你覺得找警察沒用？」

「我知道警察是怎麼看這個案子的。她是妓女，跟恩客起衝突；為了這種事情上警局，就是來找麻煩的。所以，他會問得鉅細靡遺，記下一堆案情，打發她回家；在她離開十分鐘之內，忘記這起案件。」

她想了一會兒。「可能會有點差別嗎？」她說，「假設承辦員警是個女的。」

「可能有。」我同意，「也可能沒有。對男性員警來說，報案人是『妓女』，心頭冒出的第一個想法，就是『我說不定可以上她』。女性員警直覺的反應會是什麼？」

「這個嘛，如果她是同性戀的話——」

「不，先假設她不是好了。她或者是自己嫁給自己、單身貴族，或者處於兩段關係之間，不管怎樣，她都得長時間工作，經常出生入死；一個穿著華麗，比她所有衣服都貴的臭婊子，趾高氣昂的走進來，每天只要工作兩小時，幹像是她丈夫、前夫，或者是什麼別的男人——」

「她爸爸？」

「不管是誰。女性員警可能比較有同情心，但也不能視做理所當然。」

她想了一會兒。想要一杯茶嗎？我不想，她說，那她也算了。我們還沒吃午餐，餓嗎？我說我不餓，但她最好吃一點。她說，她也不怎麼餓，少吃一頓飯不會怎麼樣。

她說，「如果我們不去報警，還能做什麼呢？假設，你壓根不認識她，在阿姆斯壯酒吧，她一屁股坐在你對面，娓娓道來她的故事。然後呢？」

「阿姆斯壯酒吧？」我說，「吉米都死了，幾年來著，十五年了吧？」

「有這麼久？」

我又重新算了一次。「更久。十六年。但我明白你的意思。如果我還在幹老本行，她是個陌生人，我會怎麼辦？」我自問自答，「也許陪她去中城北分局，」我說，「找到喬．德肯，或者那類的人，好好談一下，確定他們要認真辦這個案子。」

「這你辦得到。」

「那時候，當然。現在，如果要我陪她，挨著喬．德肯坐下，就得飛去佛羅里達。假設他還活著。」

生死。盤桓思緒邊緣，倏地掩至。

我說，「先停止研究二十年前的我會怎麼做好吧？我現在該怎麼辦？」

「這個嘛……」

「我的當務之急，」我說，「是弄明白這個王八蛋叫什麼名字，住在什麼地方。真希望有張他的照片，至少比深褐髮色、開始掉髮清楚些。」

「就算如此，你又能怎麼辦呢？」

「拿他的照片在伊倫住處附近打探一下。」

「哪一個？咖哩丘還是西端大道？」

所謂的咖哩丘指的是東二十幾街那個區塊，充斥著廉價印度餐館。這個地名有點吃莫瑞丘的豆腐，再朝北幾條街就是。

「我考慮的是二十七街，」我說，「但也會拿到她新住處附近，給街坊鄰居看看。機會不大，卻不得不防，萬一他真的跟蹤到那麼遠的話。」

「所以你要準備出去敲門了？」

「這陣子不行。」我招認，「最近我連想都懶得想。我得找人代我跑腿。」

「比方說阿傑？」

「如果找得到的話。」我說。

∞

混街頭的阿傑，是個我在時代廣場認識的黑人小鬼。當時我手上有個格外棘手的案子，迫使我經常出入偷窺秀與成人書店。他注意到我，發現我正在追查線索，認定幫我，可以賺點小錢。沒過多久，他就成為我——最終還成為伊蓮——生命中的一部分，持續數年之久。

阿傑的定位落在死黨與助理之間。當時我還住在旅館裡。隨後搬到對街凡登公園跟伊蓮同居，旅館房間被我拿來當辦公室。只是我越來越少待在那裡，時機成熟，我就讓給阿傑。

我不知道之前他住在哪裡。這孩子心裡藏了很多祕密。

我再心算一次，說，「你知道他現在幾歲了嗎？」

「不知道。你是不是馬上要告訴我？我不會開心的。」

「我剛認識他的時候，阿傑大概十四，太過世故機伶，當然；但實際年齡也就十四、十五。所以，現在他應該四十了。」

「天啊，不可能吧。」

「三十九、四十、四十一，大概就這個數兒。」

「喔，我知道你是對的。我只是沒法接受。在我的腦海裡，他始終是個孩子。記得他的順口溜嗎？」

「『什麼時候吃飯？因為我餓死了，叭噗。』」〔Starvin' Marvin，譯註：美國卡通《南方四賤客》裡的角色，是一個來自伊索匹亞的小朋友〕

「『那我們就來做吃的吧，小貪吃。』」

「那是早期。」我說，「沒過多久，他就擺脫稚氣了。」

「你是說他很早熟嗎？小貪吃。」

我白了她一眼。「他長大了。」我說，「歷經這些年的變化，他早就不是昔日的阿傑了。看著他成長，賞心悅目，真的。」

隔條街，阿傑坐在電腦後面，玩當日沖銷。或者到上城的哥倫比亞大學，溜進教室；比那些一個學分花父母幾百大洋的學生，聽的課還要多。多半的教授根本沒注意他、多半的教授喜歡讓他待在課堂上。

「遊學」數年之後，一個歷史學教授在課後叫住他。「你真的該做的事情，」他告訴阿傑，「是去旁聽卡特．哈威爾講重建年代。我們點到為止的課題，在他那邊會有詳盡的闡述。」

阿傑連教授的名字都沒聽過。

「他在紐約大學。我確定他不會反對聰明的年輕人坐在教室後頭，把他的一字一句聽進心裡。你知道嗎？我替你打通電話。」

他就這樣一堂課、一堂課的上，不為學分，兩間大學跑來跑去。二十五六歲的時候，比學校清潔工出入教室還要頻繁。不只一個教授跟他說，可惜他不是正式註冊的學生，否則他連博士都讀完了。現在他有什麼呢？高中文憑？

未必。他連高中都省了沒念。八年級之後，他就在街頭討生活；走進哥倫比亞，純粹為了好奇。

∞

「如果你有保羅的照片，」她說，「交給阿傑就成了。」

「如果他還是青少年。」

「『如果我們有雞蛋，』」她說，「『我們就有火腿跟雞蛋，只不過得先有火腿。』確定不要吃點午飯？」

「肯定。」

「咖啡？還是別的？」

「不用。」

「有沒有什麼別的辦法，弄到那個混蛋的照片？」

「怎麼弄？」

「我不知道。找個地方躲起來，等他出現的時候，掏出手機偷偷拍一張？」

「那我不是每個路人都得拍一張？」我指出，「因為我根本不認識他啊。」

「因為這樣，我們才需要照片。」

「對。」

「現在拿給阿傑也嫌晚了，這孩子都四十歲了。這些年發生什麼事？光陰跑哪裡去了？」

「該在哪兒，就在哪兒。」我說，「回不了頭了，要不然我怎麼會這麼老？」

「我也是。」

「不，你還是個甜甜的小姑娘，我卻是個糟老頭。」

「喔，我不知道。」她說，「幾小時前，你還挺年輕的。甚至，稱得上精力充沛。」

「精力充沛。」

「是啊，我還記得你有關年紀的議論。」

「是說歲月讓人芒刺在背？」

「不。你不知道在聚會上聽到什麼，很想帶回家跟我分享？為什麼上了年紀算是特權。」

我想起來了。「在下城。」我說，「派瑞街。當時我在那裡幹嘛？」

「喔，這個嘛……不知道，戒酒？」

「雷蒙．古魯留，大律師，硬漢雷，不過在派瑞街，大家只知道他叫做雷．G。」

「因為匿名至為關鍵〔譯註：十二步項目中的第十一項就是「永遠保持匿名，不得在紙媒、廣播或影像中揭露身分」〕。」

「他那時在發言。雷蒙邀我參加聚會，聽他獨力抗拒誘惑的歷程。在某個戒酒週年紀念？有可能。」

「他講出那句名言？」

「不，他只是很喜歡那句話，事後喝咖啡，我們還議論了好一會兒。在討論中，有個女人說，『老，不是負擔，是很多人還享受不到的特權。』這女人叫什麼名字來著？」

「這重要嗎？」

「我記得她的模樣。」我說，「如果我是藝術家，還畫得出她的臉龐。她在東北新英格蘭那邊長大，緬因或者佛蒙特。圖書館員。」

「圖書館員瑪莉安〔譯註：一九六二年音樂喜劇《歡樂音樂妙無窮》的女主角〕。」

「不，但這讓我想起來，她叫做瑪莉。『老是很多人還享受不到的特權。』」

「把這句話牢記在心，對我們可能很有幫助。」她說，「三不五時，複習一下。」她皺著眉頭。

「你剛說的一句話。」

「我剛說了哪句話？」

「天啊，每次我都恨得牙癢癢的。某種想法被觸動，說著說著，思緒就斷了線。我們剛才議論什麼？」

「圖書館員瑪莉。」我說，「老年。是特權，不是負擔。」

「再之前。」

「多前？你說，就這種行將就木的老頭而言，我還算是精力充沛。」

「沒錯，寶刀未老。但不是這個。派瑞街，匿名，雷的週年慶。那時候算來是幾年？」

「四年。」

「是喔？有什麼好笑？」

「正常的反應是：『很棒耶』而不是『是喔』。」

「我只是想他去參加戒酒聚會，好像不只四年。喔，我想他的酒癮可能復發了。」

「他花了好一段時間，才站穩腳步。」我說，「然後，他又喝起來。環境是他孤軍奮戰的變數。他在聚會裡，碰到一個很漂亮的歐洲女孩，兩人很談得來，她說：『我們為什麼不去喝一杯？』他真的不想碰酒，但也不想煞風景。當天晚上結束前，他在哥倫布大道一家冒牌愛爾蘭酒吧，灌了好多威士忌，旁邊一堆醉鬼在聽他高談闊論。」

「很漂亮的歐洲女孩呢？」

「聚會結束後，跟她的女友離開了。」

「總是會碰到這種事。」

「但他現在不喝了。」我說，「聚會連續去了四年，現在應該接近五年了。」

「五年了。」她說，「很棒耶！」

我就這樣坐著，半個小時後，她出現了，一手挽著毛巾，一手端著咖啡杯，開口道，「雷．G。」

「你說古魯留？他怎麼了？」

「不是他，」她說，「另外一個雷．G。」

「喔，我的老天啊。」

「我剛想到，原本以為就此斷線。一分鐘之前，又冒出來；我得在忘記前趕緊告訴你。我很確定，現在還不到健忘點，話也帶到了，所以——」

「他們還住在威廉斯堡？」

「據我所知。我想他的電話號碼應該沒換，我去查查看。」

果然還在我的通訊錄裡。我撥了電話。

∞

週二早上，我從夢中醒來。上了洗手間，想延續夢境，卻不得原路而入。我又設法睡了兩小時。無夢時段，據我記憶所及。

早餐，我吃了兩片土司、一杯咖啡，因為不到兩小時之後，我約雷．蓋林戴斯在晨星吃午飯。伊蓮去克羅埃西亞教堂的時候，已近中午；沒多久，我也出門去晨星跟雷會面。

我挑了一張靠前窗的桌子，可以輕鬆的盯著門口看，點杯咖啡，等待。我拚命回想上一次跟雷見面的時間；最後判定，那是跟雷・古魯留最後一次接觸酒精差不多久的陳年往事。伊蓮比我常跟他見面，特別是她還在開店的時候，兩人有業務上的聯繫。至於我呢……

也許已經超過五年了。天啊，我還認得出他嗎？

我一直朝店門口打量，沒過多久，他走進來，直筒牛仔褲搭配西裝外套，帶著一個黑色的檔案皮夾。我一眼就看出他來，舉手，他也發現我了，走過來，握手，在我對面落座。

「你還是老樣子。」我說。

「好事壞事？你，馬修，你看來好極了。有什麼好笑？」

「男人有三個階段，」我說，「年輕、中年、『你看來好極了』！」

「我沒聽過這個笑話。你是聽來的吧？日子過得不錯？」

「沒得抱怨。」

「伊蓮還好吧？她不會還念著那間店吧？」

伊蓮不幹那行以後，左顧右盼好一陣子，想找點什麼事情來做。她修課、定期上健身房，都無濟於事，覺得還是需要一份工作。她對於藝術品與古董，別具鑑賞力；有一天，她在第九大道，距離我們公寓南邊幾條街的地方租了一個小店面。我忘記以前那裡是賣什麼的，但她把原來的招牌換上自己的名字，「伊蓮・馬岱」，寄存她的珍藏。

有一天，我們在現代藝術館欣賞完馬諦斯特展回家，她說，「他是天才，而且——」

「馬諦斯？」

「是啊。天才，野獸派的風格，被他玩到出神入化。有句話我是不敢當這位大師的面說，除了你以外，我甚至不好意思跟別人說，但是——」

「那種畫四歲的孩子都畫得出來？」

「不。」她說，「不，不，不。他有些畫作實在跟你在二手貨店裡看到的差不多。但他知道自己為何落筆，仿繪藝術家則未必，也許只差在直覺。他知道如何達到他想要的效果，俗人卻無能為力。誰有本事說，目標設定好了，就必定能手到擒來？但，如果你翻箱倒櫃，一家二手店、兩家二手店這麼一路搜過去，垃圾瞧得多了——」

「總找得到能掛在牆上的東西。」

「店面的牆壁。」

「對。」

「不是我們家的牆壁。」

「當我沒說。」

開店是她的樂趣。應該說，是我們倆的樂趣。伊蓮上瑜珈課或者做頭髮，我就代班看店，或者慫恿她一道去二手店逛逛，看看有沒有什麼懷才不遇的傑作，流落風塵，靜待有心人。我喜歡跟晃進店裡的顧客打交道，不介意交易過程中一定會出現的討價還價，等對方終於掏錢買點什麼，心頭就會揚起勝利的快感。

這間小店有進帳，儘管靠這麼點利潤，日子是過不下去的，至少讓我們倆有事情好忙活。即便房租調漲四倍，小店還能勉強自給自足。

有一天，伊蓮回家，拿著紙筆算半天，一個小時之後，她宣布小店開不下去了。「如果再開，每個月至少損失兩千美元。」她說，「說不定接近三千。」

「如果你想的話，可以繼續開，我們負擔得起，不是嗎？」

她在當應召女郎的時候，攢了不少錢，然後，聽從某個常客的建議，投資房地產。如今，她在皇后區坐擁好些出租公寓，每個月都有不少收入。我有退休金、社會安全保險，再加上我把先前好幾筆意外之財全存起來，日子過得相當舒服，就算每年補貼小店兩萬五甚至三萬美金，餐桌上還是開得了飯。

她搖搖頭。「剛開始是做生意，現在變成嗜好。我養這麼貴的嗜好幹什麼？還記得那個笑話嗎？」

「養蜂人的故事？」

「養了成千上萬隻，越滾越多，這人住在皮特金街〔譯註：位於布魯克林區〕。『查理，這麼多蜜蜂怎麼安頓啊？』『放進雪茄盒裡啊。』『牠們不會瘋掉嗎？擠成那樣？』『嘿，管他的呢，這只是個嗜好啊。』我們不要這種嗜好。」

8

坐在晨星，女侍者走過來點單的同時，我正琢磨他的問題。然後，我說，「當然，她會懷念。她這個人閒不下來，不愁沒她忙的事情。但她還是把空店面，轉換成別具韻味的自我展示空間。」

「每一平方英尺，」他說，「都是伊蓮。」

「她最得意的事情就是：從別人連第二眼都不會看的作品裡，發掘出真正的藝術價值。她曾把某間二手店裡挑來的特價品，炒做成著色繪本大師之作。」

「她買的時候沒注意到嗎？」

「就匆匆的看一眼，救世軍街頭兜售，只要十五還是二十美元，她也懶得仔細端詳。買了帶回家。一個星期左右，有個客人挑上這幅畫，說這畫看起來像是著色繪本。我們家伊蓮可沒放過這個機會：『這幅作品是用呆滯的著色繪本做為起跳點，你可看得出他脫胎換骨的驚人超越？』」

他點點頭。「任憑誰都會懷念這樣的時刻。」他說。

「她會懷念她採取的行動，」我說，「懷念那種刺激。爾虞我詐的討價還價。做街頭小買賣可能是夢魘，誰也料不準哪個神經病從路上晃進來；但她卻做得興味盎然。三不五時，她的慧眼還真能鑑識出真正的藝術家。」

「這點有待觀察。」

「每一次她賣掉你的素描、每一次她幫你接到繪製肖像的委託，都跟得到諾貝爾獎一樣興奮。她決定把店收掉之後，還沒跟房東講，先去張羅你下一任經紀人。」

「我還記得我接到消息的那個剎那。『雷，這是喬安娜・賀柏曼，在麥迪遜大道開一間小小的畫廊，由她做你的經紀人，可能比我勝任得多。喔，順帶一提，我決定把店收掉了。』」

「滿像她的口吻。你是不是還跟——」

「喬安娜？是啊。伊蓮的眼光神準。我們倆合作得很有默契。要說發大財，當然漫漫長路，但，天啊，馬修，我是職業藝術家，我知道怎麼討生活。你找我來到底有何貴幹？」

∞

我們邊喝咖啡邊聊。我告訴他有關伊倫的必要訊息。我不曾提及伊倫的職業與過往、伊蓮怎麼認識伊倫。她們倆同屬一個聚會小組，我說，幾個月來，兩人越聊越投機；這個年輕的女生就跟伊蓮訴苦。

問題的關鍵，當然是自稱保羅的那位先生。他的身分也換過了，不再是伊倫的恩客，而是一個不過跟她吃過一頓晚飯，就自認兩人是精神伴侶的偏執狂。在女方心裡，這個約會再怎麼往好處說，也就是個無聊的夜晚；但保羅顯然不做此想。

「所以，他跟蹤她？」他說。

「試圖。她搬離公寓，目前暫住在另外一個地方。她可以換掉電話號碼，但還沒展開行動。」

「他打來了？」

「非常勤快。」

「她去報案了沒？」
「沒，我本來想陪她去，但是，我不確定她能跟警方提供什麼線索。她不知道他姓什麼，不確定他是不是真叫這個名字。」
「保羅，你說的。」
「對。」
「也許結婚了。」他說，「這就是他不能以真姓名示人的緣故。但這跟跟蹤好像沒什麼關係，是不是？」
「你可能不以為然，但是——」
「也許有些關聯。如果他迷戀上她，會有什麼反應，實在很難說。有個字形容這種情況。」
「跟蹤魔人？」
「色情狂，不只是偏執，而是堅信兩人之間有真感情。就像上次闖進大衛・賴特曼家的那個女人。」
「那是前一陣子的事情。」
「好幾年了。」他說，「如果她再出現，我就不知道這次會鎖定誰。柯伯特（譯註：CBS深夜脱口秀主持人）也許，或者是某個吉米（譯註：ABC跟NBC晚間時段的主持人分別是吉米・金莫與吉米・法隆）。」
「節目開播的時候，我都睡了。」
「我可不。我是夜貓子，但我也不再看深夜談話秀。我得說，我真懷念大衛・賴特曼。」

「你說不定可以闖去他家看看。」我說，「他可能很高興見到你。」

∞

我們回到公寓，伊倫坐在客廳的沙發上，赤著腳，穿一條寬鬆的長褲跟毛衣。我為兩人介紹之際，伊蓮從廚房端出一盤奶油餅乾。伊蓮跟雷說，他的氣色真好；雷跟她保證，她還是一樣可愛。伊蓮把餅乾放在咖啡桌上，卻沒有人瞧上半眼。伊蓮跟伊倫說，單單為了讓雷有發揮的機會，開店就值了。雷告訴伊倫，伊蓮是怎麼發現他的。「並不像發現美洲大陸，」他說，「或者新的星球。」

伊蓮告訴雷，他謙虛得出格了；雷回說，他的謙虛也是不得已。隨後，閒談的氣氛一緊，雷拉開檔案夾拉鍊，取出素描簿跟一盒鉛筆；伊蓮說，「你們倆有正經事要做，前屋的光線比較好。」跟他們隔開一段距離之後，她說，「希望行得通。她本來是不想來的。」

「怎麼說呢？」

「她擔心沒結果，就是她的錯了。」

「應該很有機會。」

「我知道。」

「就算沒下文，也不是任何人的錯。」

「這我也知道。怎麼沒人碰餅乾呢？」

「我起個頭。」我說，隨即吃了一個。
「我不知道我為什麼非這樣做不可？」
「端吃的出來？」
「這是我身上最猶太人的一點。什麼？」
「什麼什麼？」
「你是不是想說什麼？」
我又拿了一塊餅乾。「嚐起來不特別有猶太味兒。」我說。
「這是她媽的珀伯莉牌的，你分明不是想說這個。」
「你能不能想到什麼答腔的話，既不反猶太人，又不輕蔑女性？」
「腦海一片空白。」

∞

我說不上來，我是何時認識雷．蓋林戴斯的；但我可以清楚回想起第一次見到他坐在警局桌前，一手拿著素描本，一手握著鉛筆的樣子。他的職業生涯源自紐約警局，跟目擊證人合作，展現他的特殊天分，透過畫筆，把他們的記憶呈現得纖毫入微。好多警局素描師都用拼圖套件，眼睛、嘴角、下巴，調來換去，直到目擊者滿意最後的結果。有時，素描也能奏效。這種「你說我畫」的傳統方式，最多只能說是差強人意；畢竟，穿藍制服的素描高手沒幾個，但任憑誰也能糊弄素描套件，拼湊點什麼出來。

沒有任何一個人像雷．蓋林戴斯，把拼圖套件運用得這般出神入化。

他絕對不只是個能幹的素描師而已。如果你稍微留意周遭，好些男男女女手上都有素描本跟鉛筆，在地鐵車廂、咖啡廳或者公園裡，隔條通道，鬼鬼祟祟的打量你，想要捕捉你的神態。有的時候，在素描成形之初，我也會偷瞄一眼自己的模樣，絕大多數的作品，總有一點不對勁；儘管大體而言，他們的畫作都稱得上精采。**沒錯**，你或許會想，**這是她，沒錯。嘴巴就是有些不對勁，但畫得不差。**

話要說回來，他們有優勢，至少親眼得見他們試圖描繪的那個人。跟雷合作的目擊證人，卻只有閃爍猶豫的記憶。為了把含糊的概念落在紙上，雷得設法召喚出他們的印象，這是他勾勒嫌犯的唯一根據。他必須對目擊證人很敏感，要有足夠的直覺了解話中意涵。「不，他的眉宇還要憤怒些。更刻薄一點。」

幾年前，我花好久的時間追查一名出奇狡獪的連環殺手。當時，我以為他是一個試圖戒酒的醉鬼，有機會跟我成為好友——換句話說，這傢伙把我玩得團團轉。在我頓時醒悟之後，這才找雷坐下來，沒花他多久時間，素描板上就出現我死敵的神態，我複印好多張，洪水般的淹沒這座城市。

這相對簡單。我對那個人的視覺感受很強烈，可以盯著素描本，比對我心頭的影像，說得出哪裡傳神，哪裡有些差距。雷有一種神祕的能力，能夠清晰還原最多只能被形容為「模糊」的印象、重現被歲月侵蝕到漫漶難辨的童年記憶。伊蓮有次請他描繪一位她幾乎記不起來的親戚，這人的面貌在她心頭只有個飄忽的輪廓，就此發現雷的特異功力。

她把作品仔細裱好、框上，掛在店裡顯眼的地方，外加一個「只展不售」的小標籤。沒多久，她就幫雷拉了好些委託，撮合成一筆交易——某個婦人的父親過世已久，唯一的照片毀於祝融。口耳相傳的效應擴散，帶來更多工作，包括最神乎其技的大屠殺倖存者肖像。他只聽了故去親戚的追憶，就在一張晚餐桌旁，硬生生的完成所有素描。

根據伊蓮的說法，場景有點像是立陶宛逾越節儀式跟達文西《最後晚餐》的混和體。「就像跟親人團聚一樣。她一個勁兒的流眼淚，不住親吻雷的雙手。」

∞

伊蓮回去讀她的小說，就差結尾了。我又重拾《紐約時報》，卻在科學版發現一個壞消息，北極熊的前景堪虞。半個小時後，伊倫跟雷回到客廳。她倒是沒有親吻雷的手，雷並沒有畫出她渴望重拾的印象；出現在素描本上的男人，是她寧可遺忘的記憶。

這幅素描是捕捉到人物精髓，還是謬之千里，我自然無從判斷。我沒看過保羅一眼，別說他的長相，就連他真實的姓名都難以掌握。我在素描本上見到的人，有一對寬寬的橢圓形眉毛，眼眶深邃，嘴角飽滿，下巴格外尖刻。凝視的眼神隱含威脅，嘴角、下巴又流露偏執，我無法得知這跟本人的相似程度如何，或者給伊倫帶來多沉重的心理負擔。

眼前的結果是針對特定對象，描繪出的個性寫真。拼圖套件老是會讓我想起蛋頭先生，就像多數的警方查緝素描，個別的零件湊起來，反而少了幾分靈動。這幅畫是另一個極端，彷彿剛從現實活生生的抽離出來。

「就是他。」伊倫說。

∞

雷不願意拿任何酬勞，補貼他的車馬費也不要。「什麼？地鐵錢？拜託。」

但他推託不了硬塞過來的一塑膠盒奶油酥餅。「要不然馬修就全吃了。」伊蓮告訴他，「他已經吃過量了。」

「你都這樣說了……」雷說。

他離開之後，伊倫還在我們家裡盤桓一陣子，吃了一塊三明治，驚嘆跟雷合作，竟然是這樣的駕輕就熟，雷是如何用一枝鉛筆就讀出她的心思。伊蓮帶她下樓，走過三家門面，把雷的作品影印了六七張。先在路邊張望半晌，確定沒有看到素描中的人物，一張給了伊倫，趕緊把她塞進計程車裡。

「總算第一次讓我知道我在找誰。」她說。她把影印本跟雷的原件一張張的攤在咖啡桌上，仔細端詳，好像在檢查影印機印出來的副本，有什麼不一致的地方似的。好一陣子，她才把原件收進另外一個房間，找個時間送到喬安娜．賀柏曼手上，靜待出手良機。最理想的情況是：素描鑲進畫框、裝幀完畢，旁邊再伴隨一張此人的入監照。

「他真有一套。」她說的是雷。我提醒她在親眼見到這個跟蹤狂之前，不宜輕下斷語。「伊倫認為，」她說，「這簡直是『唾出來的形象』（spitting image，譯註：一模一樣）。這種說法是哪裡冒出來的？」

「毫無概念。」

「我其實不在乎。有些話你聽了，跟耳邊風沒兩樣，習慣成自然，連GOOGLE一下都懶得。」

「可能就是這情況。」

「想弄明白這個字，」，她說，「你就得……不管了。我很高興他把酥餅拿走了，很好吃，對不對？」

「裝個一、兩塊，放進盒子裡是不是不好看？」

「不會啊，應該還好吧。」

「下一次，」我說，「用個小點的容器。」

「他花了大半天的時間，」她說，「千里迢迢一路從威廉斯堡過來——」

「沒你說得那樣麻煩吧。」

「——你是嫉妒他帶走滿滿的一盒餅乾吧。」

「你怎麼知道他喜不喜歡吃？奶油酥餅？」

「誰會不喜歡奶油酥餅？」

我說，「我是覺得他得到一個杯子蛋糕，應該一樣高興。」

「或是一塊小烤餅（crumpet）配茶吃？」她考慮了一下，「我從沒看過雷色瞇瞇的模樣，他最迷戀的是碧西〔譯註：卡通小蜘蛛〕，至少以前是。」

「現在也還是。」

「當然。」她說，「大家永遠要牢記一件事情：男人都是豬。」她又想了一會兒，「你剛瞄到沒有？她是在暗示他嗎？」

「她的手按住他的手。」

「何時？」

「你去打包餅乾的時候。他們肩挨著肩在一起——」

「坐在沙發上。」

「——他的手放在咖啡桌上，手心朝下。她不知道說了什麼，比了手勢，強化語氣。」

「這是她的習慣。」

「很多人都是這樣。反正她講完之後，就把手按在他的手背上。」

「什麼？像這樣？」她的手也按在我的手上。

「像這樣。」

「還是更像這樣？」

她的手壓下來，我可以感受到力量的傳遞。

「天啊。」我說。

「你永遠也不會忘記。」她若有所思，「就算過了這麼多年，就算歲月把你變成一個結過婚的老太太，你還是會記得。我們的伊倫年紀輕輕、單身未嫁，為什麼會突然使出這種小伎倆？多久？一分半？他有接收到訊息嗎？」

「眼睛睜大了一點。」

「帶點驚訝？」

我想了想，「沒有。」

「沒有，是因為他不驚訝。因為他們在前廳一起素描的時候，她釋放更露骨的暗示。他以為那是不自覺的小動作，伊倫過於投入，所以沒注意到。儘管這樣，卻讓他泛泛的分辨出某種性暗示，但也僅止於此。」

「工作結束後，她又來了。這一次還有觀眾在旁欣賞。」

「她是在你面前作態，」她說，「可不是在我面前。」

「因為你比較有可能會注意到。」

「因為我是她的輔導員，所以呢，她不希望我看到她流露出來的婊子樣。」

「你真覺得她是在勾引男人？」

「喔，毫無疑問。像她那樣的精品妓女。我的意思是：她到底做了什麼呢？不就是按住男人的手背？這跟握住他的老二，不是一碼事吧？」

∞

一個小時過去，我在電腦前消磨一陣子，伊蓮回去讀她的小說，看來她還是對剛剛的那一幕，大惑難解。

「為什麼要按住他的手？是想勾起他的興趣嗎？」

「很明顯啊。」我說，「但為什麼？你覺得她是想跟他上床嗎？」

「我很確定她不想。」她做個標記，闔上書本。「應該是反射動作。」她說，「在下海前，說不定在她冒出賣淫這個念頭很久很久以前，就知道怎麼跟男人打交道。」

「碰他們的手。」

「勾起他們的興趣。」她說，「碰觸只是達到目的的方法之一。」

「案情就這麼單純？」

她搖搖頭。「她想要他喜歡她、要他站在她這邊。他來這裡是捧我們的場，卻是來幫她的忙。如果他喜歡她，也許願意多做一點，願意多走幾哩路。」

「他會嗎？」

「可能不自覺。」她說，「但，當然。如果你接到一個喜歡的客戶，難道不會多做一點嗎？我不是說性。跟沒感覺的人一比，你當然會替喜歡的老闆多盡點心力。」

「我年輕的時候，」我想起來了，「我喜歡替我討厭的客戶工作。害他們失望，我就無所謂了。

我想你是對的，碰到喜歡的人，工作就會努力些。」

「這是天性。」

我開始懷疑，她對某些嫖客會服務得格外賣力嗎？帶著他們滑進更深的親密層次裡？角色扮演更加狂熱？是不是有什麼銷魂蝕骨的秘技，專門用來伺候她挑中的恩客？

我沒問。我可以問。如果這事在我心頭糾纏不去，我多半也會問；但我覺得沒必要。她在這行當裡周旋這麼長的歲月，自然而然的會成長，迫使她揮別過去的那個小女孩，讓這些手段成為她生命中的一部分。

我說，「我看得出來，她希望用一點親密感，鞭策他再努力些。但在素描完成，他要回家看老婆孩子——」

「給好表現的小獎勵。」

「喔。」

「展現無求於他之後，依舊愛著他。何況我也不在房間。」

「何況我也不見得會注意。」

「你當然會注意，你是偵探啊，天生善於觀察。多注意周遭，總是會有好處。也許在哪個你沒留神的時機，她會吃你豆腐：『我是很性感的女生，我喜歡男人；如果機緣湊巧，就會摸上你的手。』」

我沒說話，我猜，我的視線應該茫然的望向半近不遠的地方，因為，她說：「怎麼了？」

「我正在想我們昨天分享的小幻想。」

「兩人的三P遊戲？還真是意想不到。你的心思誰琢磨得透？說真的，你到底在想什麼？」

「她不用跟我證明什麼。我當然知道她是個性感的女生，因為我記得她充滿激情的一舉一動。然後我就得提醒自己，她什麼也沒做，因為她人根本不在房間裡。」

∞

第二天，在早餐桌上，伊蓮說，等會兒要去上瑜珈課，她看起來怎樣？

她穿一件有腰身的深色方格子呢外套，內搭藍色絲質襯衫跟一條牛仔褲。我說，「上瑜珈課？這跟鬆垮垮運動褲，外加克魯小丑（Mötley Crüe，譯註：重金屬樂團）T恤比，實在提升太多了。」

她舉了舉手上運動袋，不曉得是哪家停業航空公司贈送的隨身包。「運動褲跟上衣。」她說，「而且很貼身。」

「好吧。」

「而且，我哪來的克魯小丑T恤？最接近的一件是壞痞子（Bad Plus，譯註：爵士樂團），上次我們到前鋒村聽他們演唱，你硬要我買，還是水洗的。」

「隨你怎麼說吧。」

「上完瑜珈課，」她說，「我得去看一下神父。」

「如果你真的有什麼心事，必須告解——」

「克羅埃西亞教士。」

「喔。」

「我們昨天的討論結果是，」她說，「每週二中午的聚會不夠，我們必須在晚間再開一場。」

「在同一所教堂？」

「如果他們有地方的話，我們希望安排在週五，實在不行，週四也可以考慮。」

「週五晚上很好啊。」我說。

「跟週二的間隔久一些。還有一個純屬自私的觀點，跟你去聖保祿的定期聚會，時間剛好一樣。」

「兩鳥。」我說。

「我們兩個一人一鳥，加起來是兩石兩鳥。瑜珈課上完，中間有一小時空檔，跟瑪裘瑞約在街角碰頭。然後散步到教堂找托米斯拉夫神父聊聊，也許一起吃個午飯，如果晚回來，我會跟你說。」她做了個鬼臉。「你知道嗎？我挑這件襯衫不對。」

「襯衫又怎麼了？」

「太藍了。」她說，「而且太貼了。」

她回房換衣服去了，我端著剩下的咖啡進客廳。我看著雷幫伊倫繪製的素描——影印本，原作早就妥妥當當的收好了——伊蓮回來，把原先的藍色絲質襯衫，換成鈕釦領的牛津布料襯衫。

「還是藍色的啊。」我提點她。

「沒那樣藍了。你覺得行嗎?」

「拜訪神父?完美,我得這麼說,你看起來簡直像是祭壇童男。」

∞

她離開了。半個小時後,我也出門。前晚下過雨,現在太陽已經出來了。我在哥倫布圓環,搭一號線往南,在二十八街與第七大道交叉口下車。伊倫的公寓在北邊,隔一個區塊,朝西行,得走大半哩路。

我花了點時間,慢慢橫越這座城。我不記得上次是什麼時候來過,過去這些年,我總是自豪對紐約市瞭若指掌,經常穿梭在大街小巷中。不久前,只要不趕時間,我連地鐵都不坐,就這麼安步當車一路走去。在這樣清朗的秋天早晨,走個一兩英里,何妨?

這個嘛,膝蓋回覆了我的問題,但並不是我唯一的麻煩。這陣子,我要花更多時間,走相同的距離,因為我的步伐比以前慢得多。步行很費勁,我的體力所剩無幾。沿路,我計畫多找幾個地方歇腳。如果我選擇經過布萊揚公園,就在長凳子上坐會兒。或者找間咖啡廳、披薩攤子。

我不只是出來透透氣,舒活筋骨,或者殺時間。我有正經事要幹。我有客戶,正在工作。

或者我在虛應故事。有時,兩者無法分辨。

∞

在她匆匆逃離，暫住旅館，隨後在上西城找到短期公寓棲身之前，伊倫・李思康，就住在這棟六層樓的公寓裡，萊姆石大門，位於第三大道與萊辛頓間的東二十七街靠南那頭。前門比人行道高出半個水泥階梯，通向門廳。我走過去，打量左手邊兩排電鈴按鈕。每個按鈕旁邊都有個小凹槽，嵌進住戶姓名。有三四個住戶不願意洩漏身分，其他人要不就裝上從鎖店買來的浮雕牌，要不就是貼著把姓名裁下來的名片，還有人隨意找個小紙條，自己動手寫，就像4B旁邊的那張。沒有名字，只有姓，全部大寫，李思康。

我按門鈴，不期望有人回答，的確也沒人應門。我數了數門鈴，暗自盤算，證明我先前的假設：一層樓有四間公寓，4B不是右前方，就是左後方。

第二十五個標誌製作得很專業，位置在第二排的最下面，寫著SUPERINTENDANT（管理員）幾個字，看起來怪怪的。如果你盯著某個字良久，老是會覺得這個字拼錯了。我的手指頭游移到門鈴上，終究還是縮回來。

我退到人行道上，走完第三大道的最後一段路，穿過馬路，朝北，回到我先前注意到的非星巴克咖啡廳，「卡派」。工作檯的正對面有三張桌子，兩張是空的，第三張坐著一位女性，憤怒的敲擊電腦鍵盤。挨著前窗，還有一個拼花木長檯，三張沒人坐的凳子。我從一個混血的咖啡師手上接過一小杯黑咖啡。媽媽是越南人，我當場認定，父親非裔美籍，曾經在軍隊服役。我端著咖啡走到窗前的長檯，挑了最偏右邊的凳子，伊倫的公寓納入視線，一覽無遺；儘管我也說不出個所以然來，為什麼非得盯著建築物看不可。

我反省：硬說她媽媽是越南人、爸爸是非裔美籍，不是性別歧視、種族偏見，就是其他難以啟齒的心思。我絞盡腦汁，盤算各種可能性，一般人能推測出的可能性，都琢磨遍了，就差沒取出那個年輕女性的DNA，送交檢驗室；胡思亂想到這般荒唐的境界，不禁自問我到底在幹什麼？

我取出手機。沒有簡訊、沒有消息。我打開GOOGLE應用程式，輸入superintendant，證實我的假設，正確的拼法應該是superintendent。我再輸入attendent，感覺怪怪的，果然，應該是attendant，GOOGLE告訴我。

到底要學這他媽的語言幹什麼？

∞

我取出素描，看了會兒；抬頭，望出窗戶，好像那個狗娘養的就在外頭，鬼鬼祟祟的躲在大門附近，偷窺伊倫的公寓似的。

我把咖啡喝乾，也找不到其他拖延的理由，只好拿素描給咖啡師看。她想知道此人是何方神聖，幹了什麼好事。「我們接獲線報。」我說。

「線報？」

「抱怨申訴，你也可以這麼說。」

她沒看過他。我遞給她一張名片，上面有我的名字跟手機號碼。能不能請你再看素描一眼？記在心頭？如果見到他能不能打通電話給我？

面前擺部筆記型電腦的女性，留著一頭紅色捲髮，有個尖尖的下巴，還有一肚子問題：他是誰？我又是誰？為什麼對這事兒這麼有興趣？他騷擾女性，我只好這麼說，也有可能具有一定的危險性。

「我可不怕他。」她說。她取過我的名片，承諾一定會打電話給我。

∞

公寓區塊的兩頭，我想都下點功夫，腳步停在一棟綜合商業大樓前。一家乾洗店、一家印度巴基斯坦雜貨鋪子、一家酒窖，還有一家葡萄酒吧。轉角餐室的收銀員說，這人挺面善的；但是，她每天都得看百來張臉，每張都有點眼熟。櫃臺服務員瞧了素描半晌，說，「喔，有。」

「你認識他？」

「我最會認臉。隨便找個人問問就知道。」

「你講的每個字我都信。你是什麼時候見過他的？」

「日期、時間，」他說，「我沒那麼擅長。他來過這裡兩次，有一次坐在櫃臺前的凳子上，還有一次坐在那張。也許是顛倒過來的也說不定。」

「但你不記得確實的時間。」

「喔，我中午上班，十點下班。講到確實的時間嘛，我只能說大概是上個禮拜。不是今天，不是昨天。我沒幫上什麼忙，是不是？」

「你幫了很多忙。」

「我可以告訴你，他點了什麼。」他說，「兩次都一樣。熱起士鮪魚三明治、深炸薯條。這有幫助嗎？」

∞

我明明知道該幹什麼。我只是在磨蹭，因為我是個老頭，膝蓋又不好；這些日子以來，最合適的工作就是指使別人去幹活。

如果是以前，就把素描影本交給阿傑，分配他站崗的位置，叫他多留神伊倫的公寓。在我布局已定，把保羅釣出來以後，阿傑就會跟蹤，摸清他的底細、住在哪兒、在哪兒上班。

等他上鉤，就開始收線。

話說當年，只要他上船，我就有辦法讓他靠岸。我大可找米基隨行，用他依舊壯碩而我卻漸趨疲軟的肌肉——外加始終如一、絕不發福、鋼鐵般的精實意志，搞定。

話說當年。

過去是過去，現在是現在。我依舊知道該怎麼辦，只是我得孤伶伶的一個人應付。

∞

回到伊倫的公寓，我踏進玄關，按了管理員的門鈴。我正想再按一次，一個力抗對講機靜電的聲音，斷斷續續的傳來，問我是哪位？有何貴幹？我也強壓靜電聲，虛張聲勢，回話中包含你的房客、**警察辦案**等關鍵字句。這等於是使用法律用語，把廢話重講一遍而已，說了等於沒說，卻引來一聲長嘆——就像鈴聲一般清晰，靜電無從干擾——又頓一會兒，「上來吧。」

幾分鐘之後，他開門，跟我在玄關會合。他是黑人，我立刻想起咖啡師，懷疑越南裔的太太，正在地下室。

看他的年紀，還打不了越戰。五十上下，也許五十五，跟我一般高，髮線後退，開始顯出歲數了。他穿著一套中等灰色的連身工作服，肩膀很寬，挺個肚子；從他移動的方式看來，腰間贅肉是最近的累積，就連他自己都不確定身上的重量是從哪冒出來的。

我向他展示雷的素描，問他可見過這張面孔。

他若有所思，打量良久，隨後，緩緩的搖搖頭。「從來沒見過。」他說。

「你確定嗎？」

「百分之百確定。」

很好。在他沉吟半晌之際，我就確定他在說謊，也**百分之百**確定他會堅守底線，不會輕易鬆口。「**辛普森先生，面對謀殺罪的起訴，你會採取怎樣的辯護策略？**」「**百分之百的無罪訴求，絕對不退讓。**」

對。

他在隱瞞什麼，又不善作偽，想不到比這更好的消息了。

「再看一眼，」我建議，「很明顯的，過去幾天，他曾經來過你們這邊，打聽一位房客的下落。」

「如果有，我會記得的。」他說。

「他打聽的是一個年輕的女房客，伊倫·李思康，你現在一定想起來了吧？」

「我猜她搬走了。」

「喔？」

「她的房租是月頭交，所以沒問題；只是我有一陣子沒看到她了。」

「你怎麼知道她搬走了？」

「這個嘛，你知道——」

「你的某個房客飛回俄亥俄老家過感恩節，或者一路開去漢普頓度個長週末，不也是好久不見嗎？難道你會打電話給房東，請他出租那間公寓？」

他又嘆了一口氣，比對講機裡的那聲，重上好幾磅。「我的老天爺啊，」他說，「她還好吧？李思康小姐？」

「你怎麼會這樣問？」

「你逼我這樣問的。給我看照片吧。」他伸手接過，前後移動，想要端詳得更仔細。「這是照片？怎麼看起來像是一幅畫？」

「這是素描的影印本。」我說，很篤定，「你一定認識吧？是不是？」

「那是她哥哥。」

我沒吭聲。

「他是這麼說的。她哥哥，妹妹失蹤了，家人擔心得不得了。他不是她哥哥，對不對？」

「連邊都沾不上。」

「他有——」

「有什麼？」

「傷害她嗎？」

「還沒有。」我說。

我看到他眼睛裡，流露出痛苦與恐懼的神情。再次證明，謊撒得不自然的人多半都是好人。

「他說他是她哥哥，跟警方合作辦案。這兩套說辭——」

「都不是真的。」

「他說，她的精神狀況出了點問題；他是這麼說的，出了點問題。所以，她會想接客賺錢，這部分總是真的吧？是不是？」

「她的精神狀況出了問題嗎？」

「她接客賺錢。我有這種印象。看到從她房間出來的男人，還有耶誕節。」

「耶誕節？」

「她打賞的小費。」他說，「是這棟公寓裡面，金額最高的。大家都知道上班小姐出手最豪闊。」

「我們還是回到她朋友身上吧。」我說，「他是怎麼找上你的？」

「他按門鈴。我才爬上樓梯，他已經通過玄關，站在走廊上了。要不他有鑰匙，要不就是誰幫他開了門。不合這裡的規矩，但人就是人，誰知道呢？你總不能當面把門甩上，去羞辱別人吧？更何況他還衣冠楚楚，又是西裝、又是領帶的。」

「反正他不像吸毒的，想要進來偷電視就對了。」

「不，看起來挺氣派的。」

「你以前沒見過他？」

「我會在什麼時候看到他？喔，他以前來過這裡嗎？他是她的——」

「客人。是的。」

「我的天啊。」他說。「我讓他進她的房間，四處亂轉，我還站在門口等，看著他翻箱倒櫃，亂摸她的東西。」他看著我，「感覺起來，他好像有權利這樣做似的，你知道我的意思？」

我點點頭。

「他還給我錢。不是說，『來，這邊有一百塊，如果你讓我進她房間的話……』比較像是家人希望他進來看看，因為她的狀況特殊，實在放心不下。然後，他才從胸前的口袋裡取出皮夾，一邊說，一邊取出一張紙鈔，折好，『不好意思麻煩你。』塞進我的手裡。」

是啊，這就是他的行事作風。

「他有說他叫什麼名字嗎？」

「李思康啊，就跟小姐一樣的姓。既然，他不是她哥哥——」

「非常可能他並不姓李思康。沒說他叫什麼名字？」

「我不記得了。」

「他可能希望你跟他保持聯絡，」我暗示，「讓他知道她回來了。」

「他掏出一個小筆記本，寫了幾個字，撕下來，折好交給我，就跟塞錢道謝一樣。」他講最後一句話的時候皺著眉頭。「上面有個名字，一個電話號碼。我心裡想的卻是：不，先生，我是不會打電話給你的。」

「這是他進去她房間之後。」

他點點頭。「我在旁邊陪他，一起走出來，我把門鎖好。然後他給我那張紙條。」

「你還留著嗎？」

「我是絕對不會打電話給那個人的。」

「但你留著那張紙條。」

「我想我還留著吧。如果我扔了，我一定記得，對不對？」

∞

我們走過川堂，下了幾個階梯，來到地下室。由於一樓比人行道高出半個台階，還能從馬路上透些光進來。很明顯的，他是個稱職的管理員，屋內整齊清爽，很舒服，家具也不錯。

根據我的經驗，管理員的家具都不錯。住戶搬走，難免留下點什麼，管理員總能先下手為強。不曉得有沒有女主人，來自越南或者別的地方，反正她不是躲得不見人影，就是悶不作聲。從這地方看來，他應該是個喜歡乾淨整齊的單身漢。他請我找張椅子坐下，我說沒關係；問我要不要一杯水或者別種喝的，我也說不客氣。

「應該就在這附近。」他說，好像不確定他擱在哪兒；但他篤定的走向一張桌子，打開右手邊最上層的抽屜，取出一張三乘五大小的格線紙，攤開，迅速瞄一眼，重新折好，遞給我。

保羅．李思康，我唸道，還有一個電話號碼。

不可能這麼簡單，我想。抽出我的筆記本，翻到合適的地方。如果他給的是家裡的電話，或者個人手機，我就算是逮到他了。只消在電腦前待五分鐘，就能摸清這個王八蛋的底細。

但是，結果證實，果真沒那樣簡單。寫在他假名旁邊的電話號碼，就是他打給伊倫用的預付卡手機。

我折好紙條，在我皮夾裡找個地方放。看起來，他好像想把它討回去，只是不知該如何開口。

我說，「你就別打電話給他了吧。」

「不會。我能問你一個問題嗎？你以前是不是警察？」

「好些年前。」

「我想也是，你有那種氣質，而且——」

「我早就過了退休年齡，現在是私家偵探。」我摸出一張名片。「馬修・史卡德。」我說。

他複述我的名字，告訴我他叫做亨利・盧登。我寫下來，問他討了聯繫電話，也寫下來。「他可能會打電話來。」我說。

「到目前為止，他沒打來。」他說，「如果他真打來，只要手機上出現沒看過的號碼，我就讓它直接轉入語音信箱。」

「有可能他會親自再跑一趟。」

「我在修理火爐的時候，的確有人按過門鈴。」

「好。」我從皮夾裡取出一百美元。他不想收，堅持說沒有必要。

我堅持說有必要，跟他說，他幫我很大的忙，省下許多時間；他有我的名片，如果我們的朋友跟他接觸，希望他能立刻通知我。

「不管怎樣，我都會通知你的。」他說，「你給我看他的照片，我其實一眼就認出來了。」

「我有這個印象。」

「我撒謊的原因是我覺得丟臉。拿了那個男人的錢，放他進房間。」

「你以為他是她哥哥？」

「到後來，我就覺得不是了。你知道他做了什麼嗎？」

探頭進衣櫥，我想，研究她的鱷魚皮包。

「我剛說他碰了她的東西。」

「是，你告訴過我。」

「就像是在撫摸她一樣，哪裡是哥哥會做的事情呢？他還跑去浴室。」

「喔？」

「她有個洗衣籃。柳條編的那種。他用身體遮住，我看不清楚；但我知道他掀開蓋子亂翻她的髒衣服。拿了東西出來。」

我等著。

「內褲，我想。我沒看清楚，也不想看清楚。但我想是條內褲。從髒衣服堆裡撿出來的內褲。」

他深吸一口氣。「所以，我只好裝做沒見過這個人，因為我實在很想把這段記憶，從腦海中抹去。」

我伸手按住他的肩膀。「不擔心，亨利。」我說，「事情一定會解決的。」

∞

內褲。

這徵兆不妙。

∞

伊蓮回家的時候，我正坐在電腦前面。她很高興的回報，托米斯拉夫神父很樂意借地下室給她們，增闢聚會時間；只是週五不行，週四晚間七點半到九點的時段，還是空著。

「然後，瑪裘瑞跟我一道午餐，再轉到她家去，打電話通知所有人，明天晚上，我們還有一次聚會。他人真好。」

「托米斯拉夫神父？」

「我不確定他知不知道我們的底細。」

「你沒跟他說，你們的聚會叫做『塔』嗎？」

「我說我們是美國上班女郎的分支機構。」

「有這種組織？」

「總有差不多的吧？你不覺得嗎？我大概是說我們屬於『美國上班女郎』，他天真到對這個詞毫無概念。」

「他可能想到梅格．萊恩去了。」

「梅蘭妮．格里芬恩（譯註：她曾經主演電影《上班女郎》，一九八八年）啦。」她靜靜的說，「我給他一種印象，讓他誤以為這是職場女性版的『戒酒無名會』，離事實不算太遠。你今天過得怎樣？」

我告訴她，她稱讚我取得巨大的進展，我搖搖手，不敢接受她的恭維。「我全盤皆誤。」我告訴她。「耽擱這些年，直覺徹底昏聵。在我想起來應該請教他貴姓，還有自己報上名來之前，透過對話，我所需要的資訊，就已經大致掌握了。」

「所以，應該一開始就來個相互介紹？」

「當然，這樣一來，就順理成章了。我應該先問亨利能不能讓我進房間看看？他就會發現我舉止正常，只是進行必要探視，也會讓他覺得放我進門沒錯。」

「但你沒有問。」

「他倒是有問我，」我說，「要不要上樓看看？我回說沒有必要。話一出口，我就想改變主意，不過，時機已經錯過了。天啊，我真希望他不要我前腳出門，後腳就撥了保羅那支預付卡電話。」

「你覺得有可能嗎？」

「我把電話號碼帶走了，但他也許影印下來，或者背起來了。」我回想了一遍，「不，」我說。「我不認為他會通風報信。我想他心裡明白，這個保羅——真希望有別的代號稱呼這個狗娘養的。」

「李思康先生？」

「對，沒錯。他確定這人不是她哥哥。這也就意味著他被騙了、被耍了，一百美元的補償並不夠。」

「所以你趕緊追加一百，抵銷那傢伙的影響力？」

「你知道真正起作用的是什麼？」

「小褲褲？」

「在亨利心目中，這就是不折不扣的變態。這很好，但也不怎麼好。」

「喔？」

「他很危險。」我說。

「我們難道不知道這一點？」

「偷她穿過的內褲，」我說，「大剌剌的從洗衣籃裡拿，明明知道旁邊有人在看。」

「故意冒不必要的危險？」

「比較接近沉迷到難以自拔。我們確定他具有危險性。」我說，「只是不知道他究竟有多危險？」

∞

好些年前，我還在紐約警局服勤。我身上的制服購自喬納斯．雷斯朋父子商店，這是一家警察用品專賣店，以前在中央街老警察總部轉角。當差的時候，我在那兒買了不少裝備——手銬、克維拉防彈背心，在某個晚上痛飲威士忌之後，警棍不知所終，我還補買了一根。總部搬到警察廣場一號之後，這家店還留在原地；約略在那個時候，我結束第一段婚姻跟第一段職場生涯，從西歐榭老家搬到西五十七街的旅館房間，繳回我值勤用的左輪跟警徽。

那時，警徽還是金色的——我又幹了好些年的私家偵探，有一天，我猛然醒悟，就在我離開警局的同時，我也拋棄了做丈夫的責任。

我把好久不穿的警察藍制服，跟其他再也派不上用場的值勤裝備，一起打包，往地下室一塞。

在我離婚、搬離西歐榭許久之後，有一天，安妮塔突然打給我說，地下室有一根水管爆開了，地板上都是水，浸壞紙箱裡面的東西。問我打算怎麼辦？

我有點驚訝，她居然還留著那些陳年雜物。扔掉吧，我說。全部嗎？全部。

週四早晨，在我腦海上演一晚上的往事走馬燈之後，我搭地鐵到下城，尋路前往警察總部。這棟位於中央街的法國美術學院風格老建築，上面綁了個地產開發商看板，準備要改裝為住宅。我走過雷斯朋父子商店昔日落腳的街角，現在那裡是一家星巴克。

沒人記得這家很特別的警察裝備店鋪，就連GOOGLE也搜不到。我又花了十到十五分鐘，走到警察廣場一號；一路上都有些恍惚，老是覺得雷斯朋父子商店還在原來的位置，持續營業。

在麥迪遜街上，我看到有家店面的櫥窗裡，掛著傑利．歐巴克飾演的蘭尼．布里斯科（譯註：美國老牌影集《法律與秩序》的男主角）海報。我走進去，發現他們有賣警棍，拿起來掂掂，想起我以前幹制服警察配發、很稱手的那支。那時，我屁股上掛了把點三八，跟不管哪種警棍相比，震懾力當然大得多；但手槍，我想，只是作秀罷了。我最怕的就是被迫從槍套裡把槍拔出來的時候。

我挑了一根平衡感還不錯的警棍，到櫃臺結帳。男店員的頭髮，看來有塊圓禿，乾脆剃個大光頭掩飾，問我可是當差的？

「古早以前。」我說，微笑。「所以，大概不符合打折資格。」

「你連原價購買的資格都沒有。」他告訴我，「警棍被認定是致命武器。」也就是說，他只能把這個產品賣給現職員警。我花了不少心思，終於弄明白他猜我買警棍的理由。

「業餘劇場。」他說，「參加話劇演出，他們要你演警察；既然你以前幹過這行，當然駕輕就熟。我猜對了吧？」

「一語道破。」我說。

「你在道具店租套員警制服，或者呢，你以前穿的那套，現在還穿得下，如果是這樣的話，當然是恭喜囉。只差警棍當道具，偏偏法律不允許我賣你。這麼說，八九不離十吧？」

「你是怎麼知道的？」

「倒不是因為我通靈，也不是說我每次都猜中，只是你不是第一個來這裡找道具的人。我可以幫你個忙，給我一分鐘。」

他回來，手裡拎了根警棍，輕輕的在手上一擊，「啪」的一聲。跟我挑的那根一模一樣，看著他的笑容，想見我的表情一定非常狐疑。「這個。」他說，正想要遞給我，突然抽了回去，使盡全力往大光頭的正中央，狠狠的砸了下去。

巴薩木（譯註：一種很輕的木頭），當然。看著我的臉，他好不容易才止住笑聲，跟我解釋。電影、劇場最佳選擇，看起來跟真的一樣，又便宜，無論是正式表演還是彩排，儘管朝對方的頭狠狠的K下去。十二塊，紐約警察局認證的警棍，起碼一百塊，另加消費稅。我要幾支呢？

我說，得先跟導演商量一下。

∞

你分明可以在網路上訂到一大堆忍者玩意兒：吹箭、流星鏢、雙截棍，還有好些我連名字都叫不出來的奇門兵器。你也可走進槍枝展，拎一把AR－15（譯註：自動步槍）出來，把十幾個小學生一口氣撂倒。在篤信憲法第二修正案的州裡，甚至弄得到迫擊砲與火箭筒，有地方放的話，搞個他媽的加農砲也不是不可能。

但如果你在紐約市，拿不出紐約警察證件，就連一根價格被炒做得那樣高的警棍，都沒有人肯賣你。

我又在附近亂晃一陣子，在一家名為老喬外賣的街邊小店買杯咖啡，坐在一個小公園裡，慢條斯理的喝完。

我發現，其實我不需要警棍、皮拍（sap，譯註：內裝金屬的皮袋，在美國某些地方，是警方的標準配備），或者其他當局不希望我擁有的東西；我只需要一樣我每天都買得到的日常用品就成了，拿去櫃臺，付現。

我用手機裡的MapQuest指引我方向，老喬外帶的紙杯往垃圾桶裡一扔，根據它的建議朝包里街前進。

∞

這裡原本都是按照床位收錢的廉價旅館跟酒吧。潛水酒窟（dive bar）。當時所謂的「潛水酒窟」跟現在的「酒窟」，完全不在同一個檔次上；這稱謂還有另外一種說法，叫做「一桶血」，有時，真的名副其實。

廉價旅館，就是一連串的小方間，勉強放得下一張床，隔間也很單薄，下半層是木板，往上到天花板，乾脆釘上鐵絲格網。噪音、臭氣外帶隱私疑慮，讓人幾乎無法入睡，就連耐得了嘈雜、不在乎空氣品質、習慣眾目睽睽的人都受不了。你得喝到接近昏厥，第二天被人搖醒要求退房，才住得進去；不過離開那裡，不至於讓你心碎就是了。

我從沒失態到那樣離譜。在我個人的酗酒歷史中，我始終懷疑自己是否淪落到這般狼狽的境界。我曾經因為酒精引發癲癇，在鬼門關前走過一遭，幸好那時，我離包里街還有一段距離。我在不同的酒店、不同的教堂地下室，聽過好些故事：那種人會沒日沒夜的消磨在酒吧或者廉價旅館、胡亂點燃垃圾桶烤火，或者在「夜車」、「雷鳥」取暖。有的人會戒酒，有的人至今還保持清醒；但也有的人進入高沙可夫症候群〔譯註：記憶喪失的精神障礙〕的初期階段，腦袋跟瑞士起士一樣，都是洞，最後只能託點關係，在靠近特倫頓的紐澤西康復中心弄個標準床位。

工作讓我得經常出入廉價旅館。打從我還是制服警察開始，只要櫃臺人員報警，就得跟搭檔一道去執行勤務。偶爾，櫃臺一時間找不到屍體，或者拖了太久時間才報警，氣味會比廉價旅館原本就有的惡臭，更難忍受。處置向來都很痛苦。

我也不時出沒在「一桶血」，偶爾，真得弄到血流成河。酒客發生爭執，要不酒瓶往對方頭上一砸，要不就鬧個白刀子進，紅刀子出。應付這些鳥事，有時真想來一杯，幸好我從來沒有迫切到非踏進這個區域不可。

當然有好多沉迷包里街酒吧的人，不上廉價旅館，直接醉臥街頭，如果是比較暖和的月份，自然是不壞的主意。在冬季，每天清晨都有一輛廂型車，在街上兜一圈，把還有脈搏的人拖上車，往酒鬼庇護處一扔，那時還沒有戒癮一說，除非你是某個住在康乃狄克、試圖遠離酒精的有錢人。

第二輛廂型車負責運送屍體，下一站是無名屍墓地。

那是當時。如今的包里街可是身分地位的表徵，藝術家閣樓斷非藝術家負擔得起的住處，公寓更是為俄羅斯流亡獨裁者量身打造的。我行經設計師精品店與許多改造過了頭的超高級豪宅，但是讓包里街遠近馳名的，卻是專門經營廚房用品的專業區塊，批發兼零售。

我拋起一枚硬幣，隨結果帶我走進艾德瓦．馬格努森廚具店。這名字多半是創辦人或者經營者的名諱吧。我瀏覽商品，一個很能幹的店員趨前，根據我的需求介紹幾款商品。我挑了其中之一，付現。

我開始尋找運動用品店，也許我沒留意，錯過了也說不定。我記得前頭路上有很大一家，但我不記得名字，也不確定地址。

我掏出手機，YELP告訴我，我腦海裡的那家店叫做百麗宮（Paragon，譯註：專售運動用品，百年老店），在百老滙跟十八街交叉口。

距離不近，還好天氣不錯，適合散步。根據手機的指示，百麗宮在我的右手邊，無需店員幫忙，輕易找到我要的商品。等著付帳的時候，我注意到一個小鬼的手上，拿了個背包，我放棄排隊，也給自己找一個——小小的、深藍色，毫無特徵。

我重新排隊，依舊付現，出門的時候拎著百麗宮跟艾德瓦．馬格努森的袋子。這兩家店都沒有要求我提供警察證明，結帳，奉上商品，銀貨兩訖。

∞

我繼續上路，朝上城走去，突然覺得餓，湧上來個鮪魚熱起士三明治的渴望。我知道哪裡吃得到，還可以配上深炸薯條，但我覺得這很笨。我哪用得著去加深服務生的印象？這傢伙見你一面，就永遠不會忘記你的長相跟你點的食物。

全天供應早餐，菜單跟電話簿一般大小的紐約餐室，已經瀕臨滅絕。多半受節節高漲的房租所累，苦苦支撐，就跟其他讓這城市值得探索的個性小店一樣。有的餐室乾脆收了，當年的店鋪是希臘移民胼手胝足打拚出來的，他們的兒孫顯然找到更輕鬆的謀生方法。我走完整條第二大道，一家也沒碰上，不過非得咬一口鮪魚熱起士三明治的衝動，倒是消失了。我鑽進一家泰國餐廳，招來女侍，確認「醉鬼爛麵」究竟含不含酒精成分？然後，突然醒悟，我壓根沒把她的回答當回事，因為最終我點的是一盤泰式炒麵。

點完餐，我帶著我的購物袋進到洗手間，鎖上門，把袋子裡的東西整一整，兩個物事塞進第三件裡。我背起背包，丟掉購物袋，花了點時間把收據撕得粉碎，扔進馬桶裡沖走。

夠傻的了，我想。擔心辨識達人，就放棄鮪魚熱起士三明治，已經說不上來有什麼道理，搞這些更是莫名其妙。

這自然不是說我需要保留收據抵稅。JanSport背包已經是採購項目中單價最高的，也還不到二十五美元。

∞

我把背包往地板一放，挨在腳邊，吃我的泰式炒麵配泰式咖啡。這咖啡簡直就是滿載咖啡因的奶昔。我又用現金付了飯錢——幸好稍早在路上看到一個提款機，因為我買什麼都要付現——背上背包。最初我規規矩矩的把肩帶背在兩個肩膀上，背包置於背中央，隨後改用右肩，沒一會兒又換到左肩。

我有一種錯覺，好像是我買一頂棒球帽，還反過來戴。謝天謝地，我沒有那樣離譜。

∞

我在伊倫公寓的對面，找了個地方站定，動也不動，整整望了十分鐘，沒人進出，她原先的那個房間也沒有亮燈。忘了問亨利公寓的布局，我想也無關緊要吧；因為我的腦海又冒出一個我原本沒意識到的狀況、一個我優勢已然盡失的徵兆。

我真的太老了，搞不動這些了。

我把這想法強行拋到一旁。我沒看到任何人進入或者離開建築，就我感知所及，我是唯一隱身暗處的潛伏者。於是，我橫過街，按鈴找管理員。

他回應，我報上名。他說他馬上上來。

「不，開門放我進來就好。」我說，「我直接到你的住處。」

至少我還記得路徑。我找到後側的樓梯，走到地下室。亨利・盧登，在樓梯的盡頭等我，帶我進到他的公寓。他正在煮咖啡，問我，要不要來一杯？

我讓他給我倒上一杯，稱讚咖啡好喝得緊。他不斷強調，他對咖啡有多挑剔，豆子在哪兒買，煮咖啡的手法又是如何幾經磨練，終至定型。突然，他停了下來，為自己的嘮叨道歉。

「你是想打聽李思康小姐的下落吧。」他說，「我認為她應該是沒回來。雖說她可能進進出出，而我未必知道。」

實際上，我說，我對那個男人比較感興趣。

「那個自稱是她哥哥的人，也一陣子沒見到了。如果有，我會通知你。」

「也沒打電話來嗎？」

他搖搖頭。

「這樣剛好。」我說，「他就不期待你回電。」

「你要我打電話給那個人？」

我把我心頭的盤算，跟他解釋一遍。他顯然很為難。我問他哪裡不妥。

「我連他的電話都沒有。」他說，「那張紙條我交給你了。」

「我有電話號碼，亨利。」

「反正這不是重點。我媽從小教我們不能撒謊。」

「在這個特殊的情況下——」

「喔，這不是對或錯的問題。缺乏訓練。我這個人不會講假話，很快就會慌亂，說出來的話更沒人相信。」

「稍稍練習一下，」我說，「保證扯謊面不改色。」

∞

我們大概花了十五分鐘反覆演練。我草擬劇本，輪流扮演亨利跟保羅。透過即興對話，他掌握保羅可能的發言動向，慢慢融入自己擔當的角色，沒有那樣慌亂了。

我們喝乾咖啡。亨利把手機放進胸前的口袋，再檢查一遍鑰匙是否正確；我的背包上肩，沒一會兒，又取下來，問他有沒有多餘的布膠帶。

他說，「幹我這行的？就像是問藥劑師有沒有阿斯匹靈。」

他沒問我想要幹什麼用，就給我一捲；我還沒開口，又扔一把剪刀過來。我把這兩樣東西也收進背包裡。我們爬到一樓，穿過門廳，轉到前方的樓梯，又往上爬了三層。等我們緩過氣來，他便打開伊倫·李思康的房門。沿著門邊，就有一個電燈開關，但我沒打開。屋內的光線，已經足夠我們所需。

我又引導他練習一次即將開展的對話；他深吸一口氣，打電話，一接通，立刻轉進語音信箱，他的眼珠不由得轉了轉。這種情況我們已經反覆練習多遍，只聽見亨利開口，「我是西二十七街的管理員。請立即回電。」

他趕緊按掉通話，又深深的吸了一口氣，電話鈴聲隨即響起。他看著我，我點點頭。

他接起電話說，「管理員。」

我們可以開啟擴音功能，但是這樣一來，他就更難恰如其分的演好這齣戲。所以，我只聽到一方的聲音。

「她出現了。」他說，「你妹妹。幾分鐘以前，按我的門鈴，說她的鑰匙掉了，需要我幫她開門。嗯嗯，嗯嗯。我不知道怎麼樣拖延她，最好的方式，還是你盡快趕過來。」

他傾聽，又「嗯嗯」了好幾次，隨後掛掉電話，問我，他表現得怎麼樣？

「我就只看到你這邊的演出，」我說，「提名艾美獎，絕無疑問。」

他被我的話逗樂了。「他好像沒起半點疑心，只說馬上趕過來。我說他一按門鈴，就立刻上來幫他開門。」

「所以，你得下樓去了。」

「我的確是這麼想。不，你不需要這樣。」

我不需要這樣，是指遞給他兩張百元大鈔。他也許是對的，我可能不需要塞錢。這樣更能讓他牢記，在這起糾紛裡，他究竟站在哪一邊。

「他可能有鑰匙，趁亂偷走她的備份。我也不可能看到。」

「你只看到他偷拿內褲。」

「天啊，不要提醒我這個。我會盯著門口看，一旦看到他走來，立刻打電話給你。如果我辦得到的話。」

∞

他離開之後，我從背包裡，取出我先前買的兩樣東西。其中一個是黑色的絲質滑雪帽，就是在眼睛處，挖出兩個杏仁形的洞、一個大洞露嘴的那種。另外是一柄肉槌，十英寸長的硬木手柄，前頭裝著黑色硬塑膠頭，其中一面鑲了鋸齒狀的鑄造鋁合金，用來拍鬆肉排。

等待是最難熬的環節。我很想開燈，在房間裡走走；但我只戴上滑雪帽，調整一下，看合不合適，隨後又扯了下來，沒想到這帽子的臉部保暖功能，竟然好成這樣。我舉起肉槌，輕輕的畫個弧線，拍在我的手掌心，先試試塑膠頭，再來感受一下鋸齒鋁合金。算是我的彩排吧，道具就位，我想，就等布幕拉開。

我也不需要等很久。十五、二十分鐘後，我胸前口袋的手機開始震動。我接起來，亨利沙啞的聲音告訴我，我們等的人逐漸逼近。「沒看見我，」他說，「應該不知道我已經發現他了。」

我還沒開口，他就把電話掛掉了。

我留意外頭的動靜。我沒察覺他踏上樓梯，但聽到腳步聲在門前逐漸逼近。我找好位置藏妥，他開門之後，我會剛巧被門擋住。

他慢條斯理的取出鑰匙。一轉門把，輕巧的把門推開，踩進室內。

他是個大塊頭，比我高，也壯得多，穿著免燙卡其褲，上搭深藍色的西裝外套。我不確定他能不能感受到伊倫並不在現場，或是我隱身其後，只見他肩膀晃了一下，雙手移向兩側；既然他已經戒備，我也只能出其不意。

我握緊肉槌，砸在他的後腦勺上。

比我預期得久。他站定不動，好像雙腳生了根似的。我偷襲得手的這一擊，有點畏縮，實在不想把他的腦袋打得粉碎，或許是我的失策。我正想舉起肉槌，補上一記，卻見到他雙膝一軟，摔倒在地板上，動也不動。

∞

「艾夫瑞特．亞倫．保羅森，持用紐澤西駕照，上面寫著他的全名。其他的證件多半是信用卡，要不就用亞倫．保羅森，或者E．亞倫．保羅森。」

伊蓮說，「難怪他自稱保羅。我不明白他為什麼不喜歡艾夫瑞特這個名字？」

「簡稱為艾夫嗎？」伊倫說，「還是，我不知道，瑞特？」

我回到家的時候，伊蓮正要出門上克羅埃西亞教堂。我能不能自己弄個三明治？胡亂裹腹不成問題吧？我說沒問題，向她保證。聚會什麼時候結束？九點？那她能不能直接回家？順道把伊倫請來？

我也沒做三明治，反而在浴室裡待了很久，多半的時間是讓水柱沖脖子的背部。我穿好衣服，在電視機前坐下來，我想我大概打了個盹。即便我睡了會兒，也沒睡沉，一聽到伊蓮把鑰匙插進鎖孔的聲音，立刻睜開眼睛。

我們三個在客廳裡，這一次我跟伊蓮坐沙發，伊倫・李思康窩在我的搖椅上。我把今天的遭遇，嘮嘮叨叨的跟她們說一遍，細節描述過於瑣碎。我如何苦尋警棍不得，迫於無奈，只好用肉槌取代的經過，實在沒有理由讓她們聽得那樣詳細。

幾年前，我簡潔明快得多。老頭就跟一條有氣沒力的老河流一樣，總愛蜿蜒、愛磨蹭，總是會在有趣的曲折與彎道，打轉流連，切割進土裡，一探究竟。我兩度提醒自己要重拾敘事主軸，像是我行經包里街，哪有必要詳盡說明這條尊貴的大道，如何源遠流長，包括原始的荷蘭街名怎麼拼。

還好，兩個人都沒有流露出無聊的表情。

「於是我把肉槌砸在他的後腦勺上。」我說，「要不是我在最後關頭，收點力氣，可能就把他弄死了。」

「幸好你手下留情。」

「我把他打到人事不省。」我說，「但是過了兩秒鐘，他的身體才接收到訊息。他站得直挺挺的，還想撐住，移動腳步，萬一他真的轉過身來——」

「就會看到一個人戴著滑雪面罩。」伊蓮說。

「他可能試著扯下面罩，順手把我的頭扭下來。他人高馬大的，幸虧如此，才經得起那記偷襲，而我畢竟是老了。」

「沒那樣老啦。」伊倫說。

「老到看見他膝蓋一彎，倒在地上，整個人都輕快起來。老到我把他的手腕，反剪在背後，膠帶綁住，再翻過來，累得好不容易才喘過氣來。」

然後我搜身，找到他的皮夾，查明他的底細。

「艾夫瑞特．亞倫．保羅森。」伊蓮說，在舌尖細細分辨這個名字。「有點『龍佩爾斯迪爾欽』的味道。」她告訴伊倫，「現在你知道他的名字，就再也不用擔心了。」

伊倫想知道這是真的嗎？知道他的名字，就再也不用擔心了嗎？

「我想是的。」我說，「掌握姓名，只是其中一環而已。除開他的姓名，我們還知道他住在提內克。辦公室在五十六街，距離百老匯不遠。我把兩個地址都寫下來了。他知道我摸透他的底細，在哪兒可以找得到他。」

「在你搜遍他的皮夾之後——」

「我等著他醒過來。昏迷的時間倒不久，也就幾分鐘。他的呼吸節奏變了，眼睛依舊緊緊的閉著。我等著他甦醒、身子慢慢蜷起來，睜開眼睛。」

「敬畏的看著蒙面復仇者。」伊蓮說。

「應該是想得到某種保證。」

「為什麼？喔，因為如果你想要殺他，根本不用擔心他會看到你的臉。」

我點點頭。「只是眼前的景象怕是嚇壞他了。」

「想來也是。他一定弄不明白自己怎麼闖進漫畫書的世界裡。」

「我開口了。我告訴他絕對不要再進你的公寓，或者打電話給你，或者試圖跟你接觸。我告訴他，膽敢觸犯上述任何禁令，我一定會找到他，把他殺了。」

「他就信了？」

「也許不是當下。第一件事情，他當然是分辨自己的清白。他不認識我，也無意恐嚇我，他向老天爺跟所有人發誓，他絕對不會再犯。」

「我從沒跟你借過鍋子。」伊蓮說，裝出一口沒人肯信的猶太口音。伊倫有點困惑，我倒是知道典故，決定等會兒再說。

我說，「我壓根不想聽。我又撕了兩段膠帶貼在他的嘴巴上。這意味著我們之間的對話結束了。我想他知道接下來會發生什麼事情。」

「不幸的意外。」伊蓮說，回答伊倫不曾出口的問題。「你的保羅森先生會從樓梯摔下來。」

「你要把他從樓梯間扔下去？萬一被人看到怎麼辦？」

「這只是一種比方罷了。」我解釋說，「幾年前，有個警察真的動了氣，情緒一發不可收拾，把嫌犯扯進警局嫌不夠，飽以老拳之餘，還用靴子踹了好幾腳，事後解釋說，他身上的傷是從樓梯跌下去造成的。

「有的時候，」我還記得，「不算誇張。文森．馬哈菲跟我有次跑去公園坡處理家暴案件。鄰居打電話報的警，公寓裡哀嚎不斷。丈夫是個滿臉橫肉的彪形大漢，太太是隻畏畏縮縮的小老鼠，每天都被打得屁滾尿流。」

伊蓮點點頭，回憶。我告訴過她這個故事，可能不只一次。

「『喔，沒事的啦，警官。我自己笨，不知道絆到什麼東西，摔倒了。經常這樣的，是我自己的錯。』換句話說，不，她不打算提出告訴。我們去找報警的鄰居，聽到受虐妻子的回應，她倒不訝異。她從來不報警，她說，因為以前警察來過，結果也就是這樣。先生矢口否認，老婆堅持發生意外，她先生從來沒有碰過她。她一般也就隨他們去鬧，裝做沒聽到，但這次的聲音實在太恐怖，她怕先生真的失手把老婆殺了。

「我說，我們大概無能為力了。馬哈菲卻說，『去他媽的。』衝去家暴犯的公寓，把他給拖出來。『她不會提出告訴的。』他說，『別浪費你的時間了。』馬哈菲說，就算她不提出告訴，還是可以告那個王八蛋拒捕。『什麼拒捕？哪有逮捕？』馬哈菲把那個男的扯到樓梯間，往下一扔。他凌空摔下去，掠過幾級階梯，卻也撞上幾級階梯，力道很重，狠狠的栽在地上。他褲襠都濕了，不斷呻吟，鬼吼鬼叫說他身上什麼地方斷了。文森把他拎起來，又扔下去。他們住在四樓，我記得，因為那個混蛋整整摔了三層。」

「你搭檔連續把他扔下三層樓？」

「兩層。」我說。

「但你說——」

「第三層不妨譴責蒙面復仇者。」伊蓮說，「我記得沒錯吧？他希望你也能參與，是不是？」

「這樣我就無法舉報他了。」我說，「但我從來不幹這種事，他心裡也明白。我覺得他只是想讓我們分享這次行動而已，不要錯過他覺得我會很享受的場景。」

「你呢？真的很享受嗎？」

「**享受**，不算是很貼切的字眼。」我說，「但我覺得這樣幹還挺滿足的。馬哈菲把他拉起來，銬上手銬，那個可憐的混蛋以為還有後續；但他只把他拖離現場，塞進巡邏車的後座。『你為什麼老是要反抗呢？』馬哈菲告訴他，『你應該多練練，有把握了再來拒捕啊。』」

∞

但我終究沒有把保羅森扔到樓梯間，儘管這景象實在很有吸引力。

我痛毆他一頓。用腳沒用手，沒往他的臉上招呼。我的目的是：除非把他的衣服剝下來，否則根本不知道他遍體鱗傷。我踢他的肋骨、鼠蹊還有腎臟。

「我強迫自己下重手，」我記得，「好多人在動私刑之前，會先暖身，儲備足夠的恨意。他們要修理的人，是這世界上最爛的殘渣，把屎從肚子裡踹出來，是替天行道。這我做不到。他並不是一個需要懲罰的壞人，只是一個我必須解決的問題。」

伊蓮：「問題解決了嗎？」

「如果他已經完全掉進幻想裡，就像闖進大衛．賴特曼家的那個婦人，問題大概沒解決。或者，他是精神病患，無法根據後果考慮行為，也拿他沒輒。但他沒那樣瘋狂。他只是用很危險的方法、難以接受的態度，鎖定一位特定的女性罷了。」我轉向看著伊倫，「如果他不斷搜索，總有一天會發現你的下落。」

「但你先找到他了。」

「我必須要痛毆他，恐嚇他，讓他清楚了解：他不值得為你付出這樣慘痛的代價。踢得差不多了，我跪在他的身邊，告訴他從今以後，謹言慎行。『不准再打電話給她，』我說，『絕對不准靠近她的公寓；永遠不准找她、雇人去調查她的下落。你不能寫信給她。如果你在街上看到她，立刻掉頭，換個方向，離她越遠越好。』」

「否則你就要追到天涯海角，非殺了他不可？」

「對。」

「他還真信了？」

我伏低身體，前臂橫過他的喉嚨，略略施力。**我現在就可以做掉你**，我告訴他，又加了一點壓力。

「是的。」我說，「他真的信了。」

8

過了一會兒，她說，「會嗎？如果他又出現，還是跟蹤我，你會怎麼辦？」

「我言出必行。」

「你要真的殺了他？」

殺戮，始終無法進佔我生命中的重要組成；我絕對不把人命當做兒戲。我只記得一個例子，殺機萌芽，我必須花點時間思考。那人叫做詹姆士・李歐・摩利，從某個角度來說，就是他把伊蓮帶回我的生命裡。為了這一點，或許我應該感謝他。

他飛到俄亥俄州，強暴殺害她的朋友康妮・庫柏曼，然後回到紐約，又殺了好些人，更糟的是他還刺了伊蓮一刀，害她險些喪命；急診室裡的醫生護士，好不容易才從鬼門關前把她搶回來。最終我找到摩利的落腳處，拚了老命，才置他於死地。我恨他，不奇怪，他犯下如此的惡行，還想圖謀不軌。但是殺他不是為了報仇、不是渴望懲罰他，討回公道。

而是我知道，就算回到監獄，總有一天他還是會出來、會繼續殺戮。因為這就是他會幹的事情，這就是他。只有一個辦法可以阻止他，只有一個有效的方法。左思右想，沒有別的替代方案。

所以，我動手做我非做不可的事情。

「我不認為他敢再找你的麻煩。」我告訴伊倫，「但他老毛病真的改不了，是，我會找到他，我會殺了他。」

∞

伊倫上廁所去了。伊蓮去廚房，燒水煮義大利麵。她們直接從聚會回來，她說，還沒吃飯。我說，我也是空著肚子。

「何況你還忙了一天。」她說，「東奔西跑，還把那個不知道叫什麼的，踹得七葷八素。」

「艾夫瑞特・亞倫・保羅森。」伊倫補充說，「我想這就是他為什麼自稱保羅的緣故。」

「也許吧。」

「你用『龍佩爾斯迪爾欽』的說法也滿對的。」她說，「知道他的名字，確實有幫助。你沒有把他留在那邊吧，有沒有？留在我的公寓裡？」

「沒有。我拿掉我的滑雪面具，因為我已經不在乎他有沒有看到我的臉，然後，我把他嘴上的膠帶撕掉，幫他站起來。他不但沒法走路，連直起身子都有困難；我一手攬住他的腰際，攙著他走下樓梯。」

伊蓮說，這場景著實詭異。

「馬哈菲的法子容易得多。」我說，「我幾乎沒有辦法維持平衡，有一兩次，我們倆差點一起摔倒。我們在樓梯間碰到一個人，冒了點風險；我解釋說，我朋友喝得有點多。」

「那男的信了？」

「女生。」我說，「五呎七吋到八吋，瘦瘦高高的，二十好幾了。黑頭髮，戴眼鏡——」

伊倫說，她見過我描述的那個人，只是不知道姓名。「她一般都戴著耳機，」她說，「所以，可能根本聽不見你在說什麼。」

「我扶他下樓，」我繼續，「走到街角，塞進計程車裡。我告訴司機類似的故事，我的朋友不大舒服；司機只擔心這個狗娘養的會不會吐在他的車上。但我跟他保證，這絕對不是問題，我朋友不是喝醉酒，他以前在他的國家服過兵役，舊傷復發，三不五時，就會來這麼一下。唯一的方法就是讓他靜靜的休息一會兒。」

「而且千萬不要問他問題。」伊蓮說。

「我把他在提內克的地址交給司機，還給他一百塊車錢。他們就離開了。」

「然後你也跟著打道回府？」

「還沒。我先到地下室，跟亨利說，我把事情料理妥當，他再也不會看到你哥哥了。」

「冒名哥哥。」伊蓮說，「亨利沒看到你把保羅森拖出樓梯間？」

「我想他是刻意留在房間裡。聽到我解決這個棘手的難題，他鬆了一口氣。他很樂意把鑰匙借給我，就不跟我上樓了。」

「你後來又上樓去了？」

「抬頭挺胸的走進去，拿了我想拿的東西，就走。喔，這倒提醒我了。」

我站起來，走到另一個房間，回來的時候，拎著我的背包。我把幾近全新的肉搥扔進垃圾桶，戴過一次的滑雪面罩，扔到另外一個垃圾桶裡，背包裡只剩一樣東西，我拿出來，交給她。

「我的鱷魚皮包。」她說。

「我不知道你還需要或者想要什麼。」我說，「我在你房間裡東張西望，感覺很侵犯你的隱私。」

「你可能會找到很多小褲褲。」伊蓮說，「我能看看嗎？喔，真漂亮。扔在那裡實在太可惜了。」

「原本以為我再也不會看這個皮包一眼，」她說，把皮包環抱在胸前，「因為他碰過它了。」

「喔，拜託你好不好？」伊蓮說，「他的手摸遍了你的妹妹，難道你連下體也不要了嗎？是不是啊？這皮包這麼好看，當然要留著啊。」

∞

義大利麵就是長得很像小彈簧的那種。螺絲麵，我記得它叫這個名字，上面鋪了一層保羅·紐曼義式番茄醬，伊蓮酌加戴夫瘋狂辣醬，還捧出一盤沙拉。

「這是我的標準設定。」她說，「義大利麵加沙拉。幸好大家都喜歡，因為這是我唯一會弄的食物。」

沒人抱怨。飢餓就是最好的調味料，比保羅、戴夫還有滋味。我們三個都帶著好胃口上桌。

餐後，我們轉到客廳喝杯茶。伊蓮講到住處，想知道她是不是該搬回原先的公寓。「假設他比我們想得還瘋狂呢？」她說，「也許我不應該這麼好找到。」

「話要說回來，」伊蓮指出，「那裡不是有房租管制嗎？是不是？」

「接下來的八個月。然後租約內建的漲幅，就會釋放出來，房東可以要求全額的市場價格。」

「管他的呢，」伊蓮說，「你愛住哪兒，住哪兒。」

「我可以啊，是不是？我喜歡我現在住的地方，上西城。先把我轉租的時間，全部租完，這樣應該有辦法在附近找到合適住處。或者布魯克林呢？最近好像每個人都往那裡搬。」

「除開那些搬到哈林區，或者布朗克斯南區的人。」

「反正我現在自由自在，隨遇而安，是不是？研究我要住在哪裡還其次；重要的是：我應該想清楚我想要成為怎樣的人。」

「不，這一點倒是不急。」伊蓮說。

「不。今天晚上聚會的時候，不是有個女人說她回學校上課了嗎？這我可以啊。」

「我不會把她當做榜樣。」兩人大笑起來，伊蓮對我說，「她告訴我們，為了讓分數好看一點，她去吹了教授的老二。」

「這不算是真正的賣淫行為，」伊倫說，「因為她沒有收錢。」

「而且，她的努力真的值一個A。」

「而且教授很可愛，她終究會想辦法上他的。」

∞

「講到錢，」伊倫說，「這次讓你破費了。我會把錢還給你的。」

我跟她講不用擔心。

「這樣不行啊。」她說，「單單給司機就一百塊，不知道你塞給管理員幾百，還沒算肉捐、面罩跟背包，怎麼能讓你自己掏腰包？」

「我沒自己掏錢啊。」我告訴她，「完全相反，我還小賺一筆。」

「這筆帳是怎麼算的？」

「我們的朋友皮夾裡除了證件、信用卡之外，多半都是一百跟五十的大鈔。」

「你全拿走了？」

「只拿大鈔。」

「漂亮！」伊蓮說，「要那些麻煩得要命的零錢幹嘛？」

∞

她替我們重新沏了茶，兩人的話題慢慢轉到「塔」裡其他的女人。在戒酒無名會裡，個人的隱私得小心呵護，切忌指名道姓；但在塔裡似乎沒有這套繁文縟節的傳統。但聽了半天，我也不知道她們說的人是誰。

「我不知道男人為什麼要看兩個女人在一起。」伊倫說，「難道你看到兩個男人會覺得興奮嗎？」

伊蓮說她不會，但她知道很多直女的確喜歡看男同性戀色情片。但她可不相信，男人看女同性戀做愛，會同樣興奮。

「不，我確定不會。」她對著我說，「你會覺得興奮嗎？看兩個女人？」

「反正我不想把房間弄得那樣擠。」我說。

「很多客人想要。」伊蓮說，「他們想要跟我還有我朋友一起約會，但總要看我們先玩一會兒，才會加入。」

「你喜歡這種約會嗎？」

「還不錯啦。」她說，「我從來沒覺得跟女生在一起有什麼浪漫，但我不在乎多一個性伴侶。」

「這樣想就是浪漫啊。聽一個女人這樣講話，很羅曼蒂克。」

以前，一個女性嫌犯接受偵訊，我聽說，同性戀。她的女朋友被拖下水，有個客人想玩三P，她就找女朋友充數。好戲登場，她們倆先做，然後換那個男的。

「不是跟你想得差不多嗎？」伊倫說。

「關係因此毀了。」伊蓮說，「一旦把做愛轉成表演，什麼事情都不對勁了；兩人都覺得有些提防，好像有人在旁邊看她們似的。」

「還有個男人手裡握著自己的老二。」伊倫說，「歷經這一幕，她們遲早要分手的啦。諷刺的是：她刻意找自己的女友去約會，就是因為她覺得，找別的女孩，有背叛女友的嫌疑。」

我一度想要成為貼在「塔」裡的蒼蠅，但這裡更棒。

伊蓮告訴她，以前接三P的時候，找的是這行裡最要好的朋友。「之後，我們的關係更緊密了。」

「因為分享共同的經驗？」

「不僅僅如此。她很可愛，又很好笑，甜甜的，我本來就對她有點意思。不到性幻想的地步，但，你知道，會想那是什麼滋味。」

「跟她上床嗎？」

「是啊。感覺很棒。馬修可能知道我說的是誰。」

我說，我應該猜得到。「康妮·庫柏曼？」

「是啊，突然間，我好難過，很想哭。」她轉向伊倫，「她認識一個很好的人，結了婚，搬到——印地安那，是嗎？」

「俄亥俄。」

「然後有人找上門，殺了她，全家滅門。我實在不想回憶。」

∞

伊倫說，「你剛剛提到了什麼？猶太口音那段。」

伊蓮不記得了，但我沒那樣健忘。「有個女人借了一口鍋子。」

「喔，對。有兩個婦人，一個批評另一個，說她跟她借了一口鍋子，始終沒還。第二個婦人矢口否認，『首先，我根本沒跟你借鍋子。第二，那口鍋子很爛。第三，我還給你的時候，情況還比先前好。』這不大算是玩笑，比較像是給你個參考。」

「你是藉古喻今?」

「對。」

至少達成一個目標:聚光燈從康妮·庫柏曼身上移開。

∞

伊倫問伊蓮,有沒有客人想把她帶回家,見他的老婆?從來沒有,伊蓮說。故事聽得多了,但真沒人邀她回家參加這種派對。

伊倫說,「真的?這種事情我倒懂得不少。你知道嗎?每次的經驗不一樣。有一次,很明顯,是先生的主意,太太沒有跟女生在一起的經驗,也沒有特別的慾望。只想幫助先生實現夢想。」

「留個位置給她就好。」

「還有一次,是太太身經百戰,經驗比我還豐富,我知道這一定是她的主意。還有一次……」房間裡的能量改變了。這些性趣盎然的對話,我想,很難不讓人血脈賁張。不止於此。

伊倫移動坐姿,雙腿交叉。她說,「還有一對夫妻。」

「喔?」

「他是個好人。比我老得多,多很多。我跟他約會兩到三次,他說,他知道他太太也喜歡我,三個人一起出去吃個晚餐如何?」

伊蓮說，「像是約會嗎？真的約會的那種約會？」

「有點像。但是，約會最終會怎麼結束，我心裡還是有數的。我換上最好的衣服，在一間非常棒的餐廳見面。我的意思是：不是品嚐菜單一拿上來，就是兩百美元起跳的那種浮誇場所，而是很雅致的法國菜館。說不上來我點了什麼，只記得異常美味，酒也講究。」

她頓了下來，回想，不是食物或酒。

她說，「不知道為什麼，我一直預期他太太跟我的年齡比較近，跟她老公有段距離。我錯了，她比他小不了幾歲；但還是很美，身材也保持得很好。」

「以她的年齡，算得上風韻猶存。」

「很甜，神色自若。食物無可挑剔，話題遍及全世界，卻絕口不提我們身處此地，所為何來。他是洋基迷，她是大都會迷，他們說，他們倆就是異族通婚的好範例。湯姆．史塔佩〔譯註：劇作家，曾經因《莎翁情史》獲得奧斯卡原創劇本獎〕的作品在百老滙上演，他們剛看，我以前看過，我們三個也聊了會兒那齣戲。反正，我們不愁沒有話題，食物也美味。餐後，每個人都來一小杯義式濃縮咖啡，沒人點酒。

「然後，她開口了，『伊倫，我們很喜歡你，要不要跟我們一起回公寓？』」

「我想你去了吧？」

「你覺得喔？他們的公寓距離餐廳一兩條街，夜色又好，我們信步走回去，速度不疾不徐。我們都很想回去，但期待實在太刺激了，卻也急不得。你們明白我的意思嗎？」

我非常知道她在說什麼。

「空氣中彷彿有電流經過，某種能量。他們住在一棟酒店式管理的公寓裡，當然啦，有門房，還有電梯操作員。他們住在十二樓。他打開房門，等我們進去之後，又仔細鎖好。他太太的手臂摟住我，告訴我，我是多麼甜美；然後，她吻了我。這一吻，讓我完全無法自拔。然後，她放手，換他來。他親我的嘴、親我的脖子的一側，剛好是脈搏跳動的地方。他的雙手抱住我，他太太撫摸我。

「我沒提他們叫什麼名字吧？」

「沒有。」

「戈登與芭芭拉。他們的公寓好雅致。蒐羅不同時期的古典家具。牆上都是藝術品。他指出兩幅畫，告訴我畫家的故事，但我聽得有點吃力。

「臥室內的隱藏燈源，投射出溫柔的光線。床是標準尺寸，打理得很整齊。他脫掉西裝掛在椅背上，她背對著我，讓我拉下洋裝的拉鍊。我們把衣服脫光之後，她上上下下的打量我，臉上泛出光彩。我可以對天發誓，那時，我真覺得我是世上最美的女人。

「她挨近我，一手按住我的身體。進房之後，沒有人吭聲，這時，她開口說，『我們什麼都試試看。』」

8

「彷彿沾染某種魔力，」她說，「充斥著高張的性慾，還有一種別的騷動，更原始的什麼。我小時候的某些創傷，治癒了。我記得有一段時間，我躺在床上，他們倆一人一邊挨著我，沒有撫摸，就是靠在一起，我感受得到他們身體的溫度。我覺得安全，彷彿我這輩子始終沒有百分之百的穩定過，如今才真正的得到平安。」

伊蓮問她整夜都留在他們家嗎？

「大半夜。我睡不著，沒人睡得著，眼睛睜到某個時間點，我覺得該離開了。沒人勸我留下。我穿好衣服，戈登遞給我一個信封，說要陪我到樓下，替我找部計程車；但這樣一來，他就得穿衣服，而我知道樓下的門房會幫我叫車。

「我回家上床，大概一分鐘內就睡著了。醒來，感受到揉雜著愉悅與沮喪的異樣情緒。好一會兒，我發現我之所以難過，是因為我覺得再也看不到他們了。」

「但你後來還是見到了。」

「你怎麼知道？結果是他們送我一束花，不是當天，而是後一天。卡片上只有他們的名字，戈登與芭芭拉。沒有任何訊息。」

「那束花就是訊息。」伊蓮說。

「我不確定代表什麼意思。『我們度過很美妙的時光，但，相見不如懷念。』我想要打電話跟他們道謝，卻不知道該怎麼開口，或者他們想不想接。信封裡裝了一千美元。一千美元，外帶精美的晚餐，還有一束花。」

我說，「但，你自己付了計程車錢。」

「還打賞了門房、送花來的小哥。講得好像我在記帳一樣。反正，我沒打電話。兩天之後，我不再疑神疑鬼，確定他們不會再找我。就在我死心之際，忽然接到電話，是戈登打來的。

「我跟他說，花很漂亮，實在很貼心，還送花給我。他卻扯說，要找到真正好的花店可難著呢，這話題，大出我的意料。然後，他說，週六晚上能不能去看他們？

「我連想都沒有想，脫口就說，我很想，只有一個條件，這次我不要拿錢。他說，別傻了；我說，怎麼會傻呢？我把話挑明了，我是認真的，約好時間，我就過去。

「我刻意早到幾分鐘，在附近看了會兒櫥窗，這才去他們家。他穿了一套獵裝，沒打領帶，前來應門；他太太穿著一套非常好看的居家睡衣。我們三個馬上擁吻，在客廳的沙發愛撫一會兒，隨後站起來，走向臥房。在我們進門之前，我說，『我有一個請求，如果太詭異的話，請直說，就當我沒說過。如果我叫你們爸爸媽媽，可以嗎？』」

∞

他們三個樂在其中，她告訴我。但多了一點什麼，無需增添的什麼，一種伊倫也無法界定的元素。每隔一個月左右的時間，他們三個會在一起；在最後一次之後，她確定這對夫妻再也不會打電話給她。

她的眼神投向不遠不近的地方，像在回憶，也像在構思。她的眼光逐一打量我們，說，「這是真的，如果你們懷疑的話。我說的每一個字，都確實發生過。」

我想開口，她卻舉手制止我。

「確實發生，也如此發生。」她說，「有件事情也請你們明白：這故事我非講不可，即便必須用編的。」

如果掉了一根大頭針，我大概都可以聽得清清楚楚。

「我從沒見過你們的臥室。」她說。「床夠睡三個人嗎？」她微笑。「喔，來吧。」她說。「你們知道你們想要。」

∞

我睜開眼睛，是因為晨間的陽光，穿過窗戶。一般都會這樣，除了陰雨天；但我很少注意，因為我睡在床的另外一頭。我有點恍惚，過了一會兒，才明白我睡眠習慣受到干擾、如何改變，又是為了什麼。

我說，「真的發生了嗎？」

「要不真的發生，要不就是我們倆做了一個逼真鮮明的夢。幻想成真算不算是禍福參半的祝願呢？我的意思是：你做了當然很開心，也很刺激；但再怎麼樣也比不上想像。」

「倒也未必。」

「這事兒，我才講到開頭而已。」她說，「幾天以前，我們才想像過這個場景，沒想到我們就度過這段美好的時光。」

「美好時光的形容，有點保守。」

「——我們剛才更棒。我不想一直唸到死，但這一定可以進入我的高潮經驗排行。」

「也許距離顛峰不遠。」

「不遠，沒錯。你有預料到嗎？我還挺糊塗的。」

「她講那對老夫妻的時候——」

「那對老得多的夫妻。」

「對啊，老掉牙了。」

「戈登與芭芭拉。戈地與芭兒？」

「戈多與芭蓓？」我說，「講到他們三個人進餐廳，我就聽出點苗頭來了。」

「對。那時候。」

「但即便講到這份上，」我說，「我還是沒把握。」

「跟我們先前想像得不一樣。」

「我覺得我們很像羅患掠奪性戀童症，勾引小朋友，上床胡搞。」

「這類比有點牽強。」她轉轉眼珠，「我倒沒什麼罪惡感，即便我們的年齡是她的兩倍。這孩子高潮不斷，持續的長度跟越戰差不多。」

我說，「談到這裡，她上哪去了？」

「也許是回家吧。希望她回的是上城的公寓，別是二十七街。她從我身上爬下床，我有點被吵醒，很確定聽到淋浴的聲音。」

「『我要把那對夫妻的味道，從頭髮上洗掉。』她可能是回家了，除非她躺在沙發上打盹。」

「要不就是坐上搖椅，拉起腳墊，讀《博伽梵歌》。我沒看到她的衣服。」

「讀《梵歌》不能穿衣服嗎？」

「說不定只能穿瑜珈褲。這對話夠傻的了。」她起床，過幾分鐘，我也聽到淋浴的聲音。回來的時候，裹著一條浴巾，手裡拿著一張紙條。

「放在咖啡桌上。」她說，「『美妙至極。我愛你們兩個，有空請電。』」

「我們應該送花去嗎？」

「你應該打電話給戈登，因為他知道找到一家好花店有多重要。不，我不認為我們應該送花給她。」她看著紙條。「不是『請來電』，」她說，「而是『有空請電』，意思是：我們可以去電，但不強求。」

「你想要怎麼辦？」

「我想要煮咖啡，做早餐。」她說，「喔，你說伊倫？我是真的喜歡她，不會有什麼傷害吧？」

「我也是。」

「我不算是她真正的輔導員，更何況，我們也不是戒酒無名會。我想不出任何理由不能上她。」

「就事論事，說不定，你可以幫她離開賣淫這一行。」

「可能有那麼一天吧。」她說，「所以我們應該聽她的。有空打電話給她。」

「我喜歡你的想法。如果她想叫我們爸爸媽媽呢？」

她搖搖頭。「『爸爸媽媽。』天啊。還是一樣啊，誰知道呢？說不定我們會喜歡。」

譯者後記

為了告別，只好重逢嗎？

二〇一八年底，終於迎來了卜洛克的馬修・史卡德系列的最新作品，第十九本，《聚散有時》。臉譜一九九七年初夏，出版《八百萬種死法》，已經是整整二十年前的往事；從英文版《父之罪》，一九七六年，馬修・史卡德出現在這世上，算算，更超過四十個年頭。吾人已老，棋局將殘？

這本短篇，英文書名「A Time to Scatter Stone」語出《聖經》《傳道書》第三章第五節，原譯「拋擲石頭有時」。搬來照用，固然也無妨，完全忠於卜洛克先生原意。但，終究不免遺憾，且不說未經鋪陳，對於不熟悉《聖經》的讀者，有些摸不著頭緒，且有些斷章取義的風險。

《傳道書》第三章，是《聖經》中風格獨具的一篇。用對仗的文法，宣洩對於人世無常的感嘆。放回原文脈絡，書名寓意，呼之即出：「生有時，死有時⋯哭有時，笑有時；哀慟有時，跳舞有時；拋擲石頭有時，堆聚石頭有時。⋯⋯神造萬物，各按其時成為美好，又將永生安置在世人心裡。然而，神從始至終的作為，人不能參透。」

中文文法，總是用複合詞自然些。Scatter，原意「拋散」，接著一句，「堆聚有時」，比照《傳道書》的行文規律，《聚散有時》的譯名，大致貼切。只是，是聚？是散？中文不好判斷，英文埋下的伏筆，卻清晰得多。

這本書又回復馬修．史卡德初登場時《父之罪》的短小簡練；情節安排，甚至讓人聯想到卜洛克最早期的創作經歷。僅僅數萬字，一字一句譯出，譯者卻盤桓再三，深恐離別。

真正揭露謎底的關鍵，不在本文，藏在折口。「史卡德隆重謝幕」，原文用的是valedictory，辭典解釋「告別，尤指鄭重辭行」。實在不敢，也不捨直譯。電郵卜洛克先生確認，回覆如下：「至於valedictory，就是字面上的意思。但我自己也會很訝異，哪天發現自己又在講馬修的故事。我只確定一件事情，人，永遠沒法預料未來會怎樣。」

原文如此，無可奈何。在未來開展前，權且揮手告別。